KAMPENWAND
VERLAG

ISBN: 978-3986600525

© 2023 Kampenwand Verlag
Raiffeisenstr. 4 · D-83377 Vachendorf
www.kampenwand-verlag.de

Versand & Vertrieb durch Nova MD GmbH
www.novamd.de · bestellung@novamd.de · +49 (0) 861 166 17 27

Text: c.p.haller
Covermotiv: Shutterstock ©korkeng
Druck: CUSTOM PRINTING
Wał Miedzeszynski 217, 04-987 Warszawa, Polen

23
LEBEN

C.P.HALLER

für meine Tochter – Lou Malin Forndran

TEIL 1

I

ANDREIJ

Der verdreckte, ausgetretene Pfad erstreckte sich noch gute fünf Schritte vor ihm, doch er blieb stehen. Jeder Muskel seines Körpers hatte sich zusammengezogen, die Mütze mit dem dicken Fellrand nahm ihm fast die Sicht. Er blinzelte zum Horizont. Weiß traf auf helles Blau. Die Sonne ließ die Schneesteppe glitzern und ihn fast erblinden.

Er schloss kurz die Augen und folgte seinem Atmen. Die kalte Luft strömte in seine Lungen.

»Andreij.«, rief eine junge Stimme in seinem Rücken. Andreij schnaubte und rührte sich nicht. Er mochte es nicht, wenn man ihn hier draußen störte. Es war der einzige Ort, an dem er das Gefühl von Freiheit in sich heraufbeschwören konnte.

»Du hast Post!«

Andreij wandte sich um und sah am Eingang des Kiosks in hundert Meter Entfernung Igor mit einem Umschlag wedeln.

Igor war keine achtzehn Jahre alt. Und Andreij bewunderte an dem blonden drahtigen Kerl nicht das erste Mal, wie er so unerschütterlich gut gelaunt sein konnte.

Andreij spuckte aus, ging den schmalen Pfad zurück bis zur Hauptstraße und nahm die zwei schmalen Treppen hoch zum Kiosk mit einem Sprung. Er klopfte sich kurz den Schnee von den Stiefeln und riss Igor den Brief aus der Hand. Er erkannte die Schrift sofort.

Vorsichtig fuhr er mit der Hand über das Papier und steckte ihn in die Tasche.

»Du brauchst etwas auf die Rippen, mein Freund«, sagte Igor und klopfte Andreij auf die Schulter. Der Kleine drehte sich um und fuhr mit seinen Augen das Regal ab.

Der Laden maß höchstens fünf auf zehn Meter. In der Mitte stand ein selbst gezimmerter Tresen mit einer uralten Kasse. Dahinter war ein schmales dreistöckiges Regal an die Holzwand montiert, was das gesamte Sortiment des Kiosks beherbergte.

Tabak, Kerzen, Wodka, Süßes und Dosennahrung.

Links und rechts des Regals waren an der Wand unzählige Postkarten gepinnt und gaben dem Ganzen ein gemütliches Flair.

»Wie hältst du das überhaupt hier in dieser Hütte ohne Heizung aus?«, knurrte Andreij.

Igor winkte, ohne sich umzudrehen, ab und zog eine Dose aus dem untersten Fach. Er begutachtete sie zufrieden lächelnd und wischte dann mit dem Ärmel den Staub darauf ab.

»Wenn es mich friert, mache ich fünfzig Liegestütze, dann geht's wieder.«

Igor grinste und stellte Andreij die Dose auf den Ladentisch.

»Hier.«

Andreij nickte knapp.

Igor wusste, dass er Andreij niemals ein ‚Danke‘ entlocken würde, doch er wusste auch, dass sich Andreij freute.

Mit der Dose in der Hand und dem Brief in der Tasche, verließ Andreij das kleine Geschäft und trat auf die schmale Straße, die zu den Baracken führte. Fünfundzwanzig an der Zahl. Aufgereiht wie Soldaten zum Appell. Andreij erinnerte sich, dass er selbst an Nummer 25 mitgearbeitet hatte. Sie hatten versucht so viel Dichtungsmaterial wie möglich zu unterschlagen, so dass die Kameraden wenigstens eine Chance hatten, in den Winternächten durchzuschlafen. Er selbst fand nie mehr als vier Stunden Schlaf am Stück.

Mit neun weiteren Gefangenen teilte er seine Baracke. Fünf Stockbetten standen zusammengepfercht auf engstem Raum. Manchmal konnte er den Atem seines Nachbarn spüren, so dicht standen sie beieinander. Was ihm bei seiner Ankunft als der größte Graus erschien, war ihm nun ein Segen. Die stinkenden, ausgemergelten Männer gaben warme Atemluft und Körperwärme von sich.

In den bittersten kalten Wochen schliefen sie manchmal sogar zu dritt auf den schmalen Pritschen und wechselten durch, damit jeder von ihnen einmal, eingehüllt in die Körperwärme der beiden anderen, etwas Schlaf finden konnte.

Andreij blickte auf seine Uhr, die nicht mehr am Handgelenk saß und legte den Kopf in den Nacken. Er hatte aufgehört darüber nachzudenken, wie er hier gelandet war. Er hatte aufgehört mit seinem Schicksal zu hadern und innerlich zerfressen vor Wut über die Ungerechtigkeit des Lebens zu sein. Er hatte seinen Bruder nicht getötet!

Aber das spielte keine Rolle mehr. Es war nicht mehr von Belang. Sechzig Jahre Zuchthaus.

»Sechzig Jahre.«, formten seine Lippen lautlos. Andreij seufzte.

Sein Anwalt hatte auf Notwehr plädiert, doch der Fall war heikel gewesen. Sehr heikel, aber nicht mehr als die zwei Tage, solange eben die Verhandlung gedauert hatte.

Denn das Problem war gewesen, dass sein Bruder für die Partei gelebt, ein hohes Amt innegehabt hatte und daher ein Schuldiger gefunden werden musste. Schnell. Ohne Aufsehen. Also kamen sie, holten ihn aus dem Bett und von einem Lidschlag zum anderen, war das Leben, wie er es bisher gekannt hatte, zu Ende. Noch immer spürte er die Fingerspitzen von Maja auf seiner Haut. Gedankenverloren strich er sich mit den Fingern über die Stelle an seinem linken Unterarm, wo ihre Hand auf ihm geruht hatte. Und als er da so stand, die Kälte in den Gliedern, den Kopf im Nacken, die Sonne im Gesicht und den Brief von Maja in der Tasche, ließ er auch den letzten Teil seines alten Lebens in sich los. Ließ ihn gehen.

Seine Liebe, Maja, das Geschenk seines Herzens, welches er nie wiedersehen würde.

Und plötzlich fühlte er sich ruhiger, freier.

II

MAJA

Und deshalb musst du weiterleben. Ich werde dir nicht mehr schreiben. Lebe. Für dich. Für mich. Andreij.«

Maja ließ das Papier fallen und vergrub die Hände im Gesicht. Doch es kam keine Träne. Sie wollte den Schmerz spüren und die Wut, die sie seit über fünf Jahren begleitet hatte und sie wollte diese Gefühle jetzt über ihn stülpen, über diesen Brief, über dieses Beenden, doch es war nichts da. Kein Gefühl, keine Geschichte in ihrem Kopf, nur ein tiefes Wissen über das, was dieser Brief war. Sie stand auf und trat ans Fenster.

Das kleine Haus stand am Rand des Dorfes und lag ihr im Schein der frischen Morgensonne wie zu Füßen. Der Schnee schmolz auch heute weiter. Tag für Tag. Langsam, aber stetig. Sie beobachtete ihre alte Nachbarin, wie sie ihre Kuh aus dem Stall führte. Sie nahm dem Tier den Schutz aus Leder vom Euter, setzte sich auf einen Holzblock und molk. Maja zog ihren Morgenmantel noch etwas fester und steckte die Hände in die Taschen, während sie weiter nach draußen blickte. Die dünne alte Frau mit den kräftigen Armen, die jeden Tag das gleiche tat. Kuh raus. Eimer drunter. Jeden Tag. Jede Woche. Jeden Monat. Jedes Jahr.

Maja wandte sich ab. Das Fenster im Rücken, ruhte ihr Blick auf dem Brief. Das weiße Papier lag still auf dem Teppich. Die Buchstaben darauf rührten sich nicht. Die Worte waren geschrieben, waren den weiten Weg gereist und in ihr angekommen. Andreij hatte die Entscheidung schon vor Wochen getroffen, während ihr Leben einfach weiter gegangen war, wie das der Frau mit der Kuh. Jeden Tag die gleichen Gedanken, die gleiche Sehnsucht. Das gleiche Warten. Und nun waren die Worte hier, vor ihr, in ihr und alles war anders. Ihre Gedanken veränderten sich. Die Sehnsucht löste sich. Das Gefühl des Wartens verschwand. Während sie den Knoten des Morgenmantels erneut festzog, durchschritt sie den kleinen Raum und öffnete den Schrank.

Auf fünf Brettern lag ihre Kleidung akkurat gefaltet und gestapelt. Es war nicht viel, denn hier in ihrem Dorf war das eingenähte Etikett nicht wichtig. Es musste praktisch sein, robust und warm. Sie holte den Koffer unter dem Bett hervor und packte alles ein. Ihr Blick schweifte umher, ihre Hand griff nach allem, was ihr nötig vorkam. Als sie schließlich sah, dass es noch etwas Platz im Koffer gab, holte sie alle Bilder mit ihren Rahmen, die sie von sich und Andreij finden konnte und bettete sie zwischen Unterhemden und Jeans.

Danach ging sie in die kleine Nasszelle neben der Küche, wusch sich das Gesicht und die Arme, und gab sich dieser eigenartigen inneren Ruhe hin, die sich immer weiter in ihr ausbreitete. Im Spiegel sah sie, dass ihre Muskulatur entspannt war und ein leichtes Lächeln auf ihren Lippen lag. Maja nahm den Bus, fuhr Kilometer um Kilometer zum nächsten Bahnhof, stieg in den Zug und war am Abend in Moskau.

Überall waren Lichter in der Dunkelheit. Abertausende Lichter, egal wohin sie sah. Sie staunte. Die Basilius Kathedrale war noch eindrucksvoller als auf den Bildern, die sie in ihren Schulbüchern studiert hatte. Sie zählte die neun Kirchtürme mit ihren großen bunten zwiebelförmigen Kuppeln und lächelte. Ein kalter Wind fegte über den großen Platz. Die Menschen um sie liefen und verschwanden, die Köpfe eingezogen und mit gebeugtem Oberkörper, in alle Richtungen in die Nacht. Sie ging noch ein paar Meter zu einer Treppe, stellte ihren Koffer ab, zog ihr letztes Brot aus der Tasche, und setzte sich.

Und als sie da saß, das Brot in der Serviette in den Händen auf ihrem Schoß, und der Wind immer stärker über dem Platz blies, fühlte sie etwas in sich, was sie nicht für möglich gehalten hatte, seit Andreij weg war. Sie fühlte sich frei.

III

JURI

Wie kann sie mich einfach ignorieren? Was fällt diesem Weib ein? Er war ihr, seit sie in den Zug eingestiegen war, auf den Fersen, doch sie hatte ihn keines einzigen Blickes gewürdigt. Er hatte sich ihr schräg gegenübergesetzt. Er hatte sich extra laut mit dem Schaffner unterhalten und geflucht, als der Zug scharf abgebremst hatte, doch sie hatte die ganze Fahrt nicht ein einziges Mal den Blick gehoben. Dabei sah er verdammt gut aus. Die Frauen waren ihm alle erlegen. Wenn seine klaren blauen Augen auf einer Frau seiner Wahl ruhten und sie in diese tauchten, fingen sie alle an, nervös zu werden. Dann brauchte es nur noch ein Lächeln seiner vollen roten Lippen, welches seine strahlend weißen Zähne zum Vorschein brachte, und sie machten alles, was er wollte. Er war nur wegen ihr mit ausgestiegen, hatte sie angerempelt und sein bestes ‚Entschuldigung' gehaucht, doch sie hatte es nicht einmal bemerkt.

Und nun saß da diese eigenartige Frau, die ihn so gar nicht wahrnahm, da drüben auf den Steinen, ganz allein und ohne Beschützer und schien mit sich und der Welt im Reinen zu sein. Er war bestürzt und betört von dem Anblick. Um diese Uhrzeit sollte man unter keinen Umständen als Frau alleine hier draußen herumspazieren, doch sie schien sich nicht darum zu kümmern. Schlimmer noch, es wirkte, als wisse sie es nicht! Als ob es ihr nicht klar war, dass die Menschenhändler hier hin und wieder Patrouille liefen und Frauen wie sie aus den Zügen, die vom Land kamen, fischten, um sie zu umgarnen und mit Drogen gefügig zu machen. Nichts von dem schien sie zu wissen, so sicher wie sie da oben auf den Treppen saß und jeden Bissen ihres Brotes genoss.

Juri spürte, wie der Zorn in ihm hochkroch. Dieser gute alte Gefährte. Er kannte ihn seit seiner frühen Kindheit, wenn ihm seine Mutter den Zucker aus dem Schrank verwehrt, oder die Worte ‚warte einen Moment, du schöner Bub‘ gesprochen hatte.

In diesen jungen Kindheitstagen war er dann diesem Zorn erlegen gewesen, ohnmächtig und nicht mehr zähmbar, und er hatte so geschrien und wild um sich geschlagen, bis seine Mutter ihm das gegeben hatte, was ihm zustand. Diesen Zorn verspürte er nicht mehr oft, doch in diesem Augenblick, als er diese Frau da drüben auf den Treppen sitzen saß, ruhig und gelassen unter der hellen Laterne, da regte er sich in ihm wieder. Er versuchte sich abzulenken, atmete tief durch, zählte die Türme der beeindruckenden Basilius Kathedrale und folgte dann mit den Augen den Lichtern am Nachthimmel. Doch es wurde kaum besser.

Er erinnerte sich noch sehr gut daran, wann er diesen Zorn das letzte Mal so intensiv in sich gefühlt hatte, doch es war schon sehr lange her. Seit er groß genug gewesen war, um selbst die hohen Regale zu erreichen und seine Mutter aufgehört hatte, ihm Widerstand zu leisten, war er weniger geworden. Viele seiner Kameraden in der Schule hatten es ihn spüren lassen, dass sie es missbilligten, dass er keinen Vater gehabt hatte, der ihm mal ordentlich eine Tracht Prügel verpasste, doch Juri war froh darum gewesen. Er brauchte keinen weiteren Mann im Haus. Er selbst war der König. Und als sein Schopf bis zur Brust seiner Mutter gereicht hatte, hatte auch sie es begriffen und ihm nie wieder widersprochen. Aber weniger seine Größe war ausschlaggebend gewesen, sondern eher das, was einige Tage zuvor geschehen war. Seine Mutter hatte nicht gewollt, dass er ein Mädchen mit heimbrachte. ‚Du bist zu jung für die Liebe.‘, hatte sie gesagt und ihn milde angelächelt. Juri war außer sich gewesen. Er hatte getobt und geschrien und war dann aus dem Fenster gesprungen. Aus dem zweiten Stock.

Bei dem Gedanken daran, rieb sich Juri gedankenverloren den rechten Knöchel und starrte wieder auf die Frau mit dem Brot in der Hand, die immer noch entspannt auf den Steinen saß. Sie schob sich den letzten Bissen in den Mund, kaute langsam und legte dann mit geschlossenen Augen den Kopf in den Nacken. Der frische Wind ließ ihr volles dunkles Haar tanzen. Wieso wollte sie ihn nicht?! Er stand auf. Wieder spürte er diese Unruhe, dieses Tosen in sich. Der Zorn trieb ihm die Röte ins Gesicht, sein Herz pochte ihm heftig in der Brust. Er setzte sich wieder. Er brauchte ein Mädchen. Ein Mädchen, welches ihm schöne Worte flüsterte und ihm den Nacken kraulte. Und er brauchte sie schnell. Er sah auf in die Nacht. Sie war klar und rein. Die Lichter der Stadt ließen die Menschen hier nie schlafen. Eilig liefen sie umher, als wäre es mitten am Tag.

Er sprang auf und lief auf die Frau zu. Doch ehe er sie erreichte, zog er scharf nach rechts und verließ den Platz. Denn er hatte Angst. Angst, dass sie den Blick wieder nicht heben würde. Bei diesem Gedanken wich der Zorn und er spürte die blanke Verzweiflung. Er konnte dieses Gefühl nicht begreifen und stürzte blind durch die Straßen, mit der Hoffnung, es würde weichen. Doch es schwoll an, schrie in ihm, übertönte das Hupen und Bremsen der Autos, und als er nicht mehr wusste, wo er war und wann er das letzte Mal geatmet hatte, blieb er abrupt stehen und sah das Auto nicht, welches nicht mehr ausweichen konnte und ihn frontal erfasste.

IV

KATHARINA

Die Neonröhren kreischten lautlos. Hell und erbarmungslos zeichneten sie klar jede Kontur, jeden herabhängenden Hautfetzen. Der junge Mann lag reglos vor ihr auf der Liege. Katharina schnitt ihm mit der Schere längs die Hosenbeine auf. Sie erkannte, wie trainiert dieser Mann war. Jeder Muskel des Oberschenkels spannte prall und schön unter der Haut. Sie ließ den Blick zu den Füßen wandern und was sie sah, tat ihr im Herzen weh. Mehr noch, nicht nur was sie sah, sondern das Wissen darüber, was sein würde. Katharina trat einen Schritt zurück, das Desinfektionsmittel in der Rechten, die Kompresse in der Linken und studierte die Unterschenkel. Es war ein Trümmerbruch in beiden Beinen. Die Brüche waren offen und noch nicht reponiert. Sie wusste, dass der junge Mann nie wieder schmerzfrei gehen würde können, geschweige denn Sport machen.

Sie machte den Job als Krankenschwester nun schon seit 30 Jahren und natürlich nahm man das ein oder andere mit nach Hause, doch dieser Patient rührte sie. Obwohl er einen Beatmungsschlauch im Hals hatte, war nicht zu übersehen, wie schön er war. Jung und athletisch. Schwarze lange Wimpern und dichtes, goldenes Haar. Wie kam er dazu, einfach auf die Straße zu laufen und stehen zu bleiben? Wieso wollte er sterben? Der Autoverkehr in Moskau stellte keine sichere Suizidvariante dar, auch nicht in der Nacht. Und nun lag er hier, beatmet und bewusstlos und niemand wusste, warum. Passanten hatten dem Notarzt berichtet, dass der junge Mann absichtlich in den Verkehr gerannt war, zielstrebig und schnell. Eines hatte er erreicht, sein Leben wie er es bisher gekannt hatte, war vorbei. Doch was würde nun kommen? Die Ärzte glaubten nicht, dass er je wieder aufwachen würde. Und wenn doch, war nicht davon auszugehen, dass er ohne einen Hirnschaden davonkam. Er hatte ein großes Hämatom unter der linken Schädeldecke und das drückte kritisch auf sein Gehirn. Und diese Tatsache, dass er sein Ziel, den Selbstmord nicht geschafft hatte und er nun wohl körperlich behindert weiterleben musste, und vielleicht sogar so eingeschränkt, dass er nicht einmal erneut entscheiden könnte, sein Leben zu beenden oder auch nicht – diese Tatsache erschütterte sie. Und sie konnte nicht sagen, warum.

Katharina merkte, dass sie seit einigen Minuten die Arbeit hatte ruhen lassen. Sie wusste nicht, wo sie hätte beginnen sollen. Der junge Mann war mit unzähligen Schnitten, Risswunden und Dreck übersät, und es hätte Stunden gedauert, sie alle zu reinigen. Sie hatte bisher die Beine freigelegt und es gab kein Stück Haut mehr, welches seine ursprüngliche Farbe hatte. Sie ließ ihren Blick den Körper wieder hinaufwandern und selbst die Rippenbrüche konnte man unter der gespannten Haut sehen. Der Brustkorb war verschoben und einige Knochen waren so gebrochen, dass sich die Enden unter der Haut wölbten.

Plötzlich sank sein Blutdruck. Die Apparate piepsten laut und eindringlich. Katharina sah, wie zwei Ärzte in den Raum gestürzt kamen, Atmung und Puls kontrollierten und dann eine Herzdruckmassage begannen. Weitere Menschen strömten herein, sie wurde beiseitegeschoben, fühlte die kalte Wand im Rücken. Sie verlor das Gefühl für Zeit und Raum und alles begann vor ihr zu verschwimmen. Ihre Beine gaben etwas nach. Um Halt zu finden, musste sie sich gegen die Wand drücken. Sie wusste nicht, was sie tun sollte, so war es ihr noch nie ergangen. Die helfenden Hände vor ihr wurden immer hektischer in ihren Bewegungen, laute Rufe hallten durch den Raum und schnelle Beine liefen hin und her.

Und dann war es auf einmal ruhig. Die Szene vor ihr erstarb. Die Bewegungen der Ärzte und Helfer wurden langsamer. Jemand sagt knapp

»3:06 Uhr«

Dann war es totenstill. Nur einige letzte, den Raum verlassende, Schritte waren zu hören. Die Geräte waren aus. Über dem schönen jungen Mann lag ein weißes Tuch.

Katharina hatte Mühe, den Weg in die Umkleide und die Meter zum Bahnhof zu laufen. Ihr Körper war schwer wie Blei. Die Gedanken hingen wie unbewegte Klumpen in ihrem Kopf. Benommen nahm sie im Abteil den freien Platz gegenüber einem Herrn ein, und als der Zug losfuhr und sich in der Nacht verlor, spürte sie Tränen auf ihren Wangen. Sie konnte sich nicht erinnern, wann sie zuletzt geweint hatte.

V

RAINER

Emotional instabil, lautete Rainers Diagnose, als er von seiner Zeitung aufblickte. Er hatte am Abend zuvor einen Vortrag in Moskau über die Abwehrmechanismen von Sigmund Freud gehalten und war nun mit dem ersten Zug auf dem Weg zurück zum Flughafen, um von da die erste Maschine nach Deutschland nehmen zu können.

Er hatte sich sehr geärgert, dass ihm wieder kein Fahrer zur Verfügung gestellt wurde und er hier in aller Herrgottsfrühe durch die Gegend hetzen musste. Und nun saß er zu allem Unglück auch noch genau in dem Abteil, wo sich eine Frau ihm gegenübersetzte, die definitiv psychisch labil war! Es war zum verrückt werden. Rainer griff in die Hosentasche und zog sein Handy heraus.

»Bist du wach?«, schrieb er und ging auf ‚senden‘. Er wartete kurz, doch nichts geschah. Dieses Miststück. Er hatte ihr doch gesagt, wie früh er raus musste und dass er es gern hatte, wenn sie erreichbar war.

»Aufwachen Liebling«, tippte er. Er faltete seine Zeitung zusammen, die er noch vom Flug vom Vortag bei sich hatte, und steckte sie in seine neue Aktenledertasche von Louis Vuitton.

Die Frau ihm gegenüber weinte lautlos. Tränen liefen ihr über die Wangen, doch aus ihrer Kehle drang kein Wort. Wie sie es perfektioniert hatte, dachte er bei sich und war abgestoßen und fasziniert gleichzeitig. Die am heftigst Gestörtesten sind die, die ihre Störung dezent leben. Das hatte er unzählige Male schon in seiner Praxis auf dem Stuhl gehabt. Sie tut so, als ob sie seit Ewigkeiten nicht geweint hätte, ist aber eigentlich zu perfektioniert, sodass ihr kein Laut aus der Kehle dringt. Und dann setzt sie sich jemandem gegenüber, um zu demonstrieren, wie arg ihr Elend ist und nimmt dabei sogar in Kauf, von einem Fremden beim Weinen gesehen zu werden. Ganz großes Kino.

Rainer blickte unruhig auf sein Handy. Die Häkchen waren noch grau. Sina hatte es noch nicht gelesen. Er wählte ihre Nummer und ließ es klingeln, nichts. Sie hatte eigentlich einen leichten Schlaf, also wieso ging sie nicht ran? Vielleicht lag sie nicht allein im Bett? Er hatte sich sowieso gewundert, dass sie nicht mitgekommen war. Alle seine bisherigen Freundinnen waren immer ganz aus dem Häuschen gewesen, wenn er, Doktor der Psychologie, sie gefragt hatte, ob sie mit zu seinen Auftritten kommen wollten. Nur Sina nicht. Sie war unabhängig und stark. Und sie hatte einen eigenen Kopf. Sie war seinem Charme nicht sofort erlegen gewesen. Er hatte ganz schön an ihr graben müssen, bis sie ihn gewollt hatte. Das gefiel ihm, doch machte es ihm auch Angst. Das mochte er nicht.

»Wieso ignorierst du mich?!«, tippte er wieder. Er spürte, wie er sehr unruhig wurde. Seine Hände ballten sich zu Fäusten und seine Kiefermuskulatur spannte sich an. Die Frau ihm gegenüber weinte noch immer. Du brauchst nicht glauben, dass ich darauf reagiere, dachte er bei sich. Auf solche Psychos fiel er nicht herein. Rainer merkte, dass in ihm ein starker Groll gegen die Frau anschwoll. Sie forderte ihn hier heraus mit ihrem Geheule, obwohl er echt andere Probleme hatte. Wütend drückte er auf Wahlwiederholung und ließ es klingeln, bis sich die Mailbox einschaltete. Doch er sprach nichts drauf, sondern schrieb erneut eine Nachricht.

»Du hast sonst immer einen leichten Schlaf und wirst bei jedem Klingeln wach und heute nicht, wo ich einmal nicht da bin?! Bist du bei diesem Martin?«

Rainer wusste nicht wohin mit sich. In ihm brannte und tobte alles. Wieso ignorierte sie ihn?! Er hatte alles für sie getan; ihr einen Kontakt für einen Job verschafft, ihr alle seine Tricks und Kniffe im Umgang mit Menschen erklärt und das war nun der Dank! Es schüttelte ihn. Ohne ihn wäre sie eigentlich nichts. Er atmete hörbar aus und merkte, wie ihm die Hand schmerzte, die das Handy krampfhaft umklammert hielt. Er versuchte tief durchzuatmen, doch es half nichts.

»Sina, du bringst mich noch ins Grab. Wie kann dir meine Liebe und unsere Beziehung so egal sein?«, schrieb er und schickte die Nachricht fort.

Als er wieder aufblickte, sah er, dass die Frau mit den grauen kurzen Haaren aufgehört hatte zu weinen. Sie starrte durch die Scheibe und rührte sich nicht. Ha, dachte er, gewonnen! Mich bekommst du nicht klein. Er wusste, dass er sie besiegt hatte. Sie hatte ihn herausgefordert, dass er auf ihr Geheule reagierte, doch sie hatte verloren. Verloren! Ein Lächeln huschte über seine Lippen. Er wusste ganz genau, was er tat und wie er die Menschen rannehmen musste. Und das würde ihm auch bei Sina noch gelingen.

»Hey Liebes. Sorry für meine SMS. Du schläfst bestimmt noch. Ich vermisse dich zu arg, da gehen die Pferde mit mir durch. Ich freue mich schon, wenn du mich am Flughafen abholst. Bis später. Dein unzähmbarer Hengst«

Dann machte er sein Handy aus und schloss die Augen.

VI

SINA

Der Wecker gellte schrill durch die 75 m² große Alt-bauwohnung mit den dünnen Pappwänden, doch Sina tauchte nur langsam aus ihren Träumen auf. Sie musste sich strecken, um das Handy greifen und es zum Schweigen bringen zu können. Sie fühlte sich wie erschlagen. Langsam zog sie ihren rechten Arm wieder unter die Decke und blinzelte aus dem Fenster. Wolkenlos und klar war der Himmel da draußen. Der Himmel über München. Der Himmel über einer Stadt, die tausende Geschichten erzählte und nur ihre eigene schien stillzustehen. Seit vielen Wochen hatte sie keine heiße Story mehr in die Redaktion gebracht und sie spürte, dass ihr Chef sie absägen wollte. Er hatte sowieso nur Rainer einen Gefallen getan und sie reingeholt, obwohl er nichts von ihr und ihrem Talent gehalten hatte. Sie gähnte laut bei dem Gedanken und zog sich die Bettdecke über den Kopf. Sie genoss die Wärme, sie fühlte sich geborgen und ertappte sich bei dem Wunsch, dass sie gern noch eine weitere Nacht alleine geschlafen hätte. Ohne Rainer. Als sein Bild vor ihren Augen Form annahm, schreckte sie hoch und griff nach ihrem Handy. Ihr Herz sank, als sie die Anzahl der Nachrichten und Anrufe auf dem Display sah. Der Tag war definitiv jetzt schon gelaufen. Seufzend scrollte sie durch den Chat-Verlauf und war wieder einmal auf eine eigenartige Weise bestürzt und irritiert, was sie da las. Sie konnte nicht begreifen, was an den Sätzen nicht stimmte, aber es fühlte sich nicht gut an. Naja, so war er eben. Impulsiv und leidenschaftlich.

Während Sina sich aus den Laken quälte und langsam ins Bad zum Duschen tapste, begleitete sie eine Frage. Und zwar, warum sie ohne ihn so viel besser schlief, und warum sie das Gefühl hatte, besser atmen zu können, wenn er auf seinen Vortragsreisen war. Doch sie wollte sich eigentlich nicht damit beschäftigen. Es waren Lappalien und sie tadelte sich, so arrogant und anmaßend zu sein. Und umso mehr sich diese Frage in sie brannte, umso mehr schrubbte sie die Seife auf ihrem Körper, damit sie wieder verschwand. Sie hatte genug andere Probleme. Das Wasser stand auf 41 Grad und sie spürte, wie sich ihre Härchen aufstellten. Doch sie rührte sich nicht. Genoss das Nass, welches aus der Leitung über ihren Körper strömte. Sie hätte ewig so stehen können.

Ihr Telefon läutete, als sie den Kaffeebecher aus ihrem Vollautomaten zog. Der Klingelton war nicht der von Rainer, sodass sie schnell danach griff.

»Sina, komm sofort zur Schwanthalerstraße.«, brüllte eine männliche Stimme und legte auf. Es war Hans gewesen. Der einzige Freund und Kollege, der sie mochte und sie immer wieder mit Tipps versorgte. Sie glaubte zwar, dass er ein wenig verliebt in sie war, doch gab es nie einen

Annäherungsversuch von seiner Seite. Sie spürte, dass er einfach zu anständig war und es respektierte, dass sie in einer Beziehung lebte.

Sina ließ alles stehen und liegen, griff nach ihrem Rucksack, in dem immer ein Stift, ein Block und ihre Canon verstaut waren, und rannte zur Tür hinaus.

Mit ihrer Vespa legte sie einige wendige Manöver hin und war unter fünf Minuten am Ort des Geschehens. Hatte sie sich auf dem Weg gefragt, welche Hausnummer Hans ihr vergessen hatte zu sagen, so sah sie nun, dass dies nicht nötig war. Eine Menschentraube hatte sich auf der Straße unter einem weit geöffneten Fenster im ersten Stock gebildet.

Ein großer stämmiger Mann mit einem dunklen Haarschopf stand mit nacktem Oberkörper am Fenster, unter der Achsel eine Frau fixiert und hielt ihr ein Messer an den Hals. Sina sah, wie unzählige Kameras und Handys auf die Szene gerichtet waren. Alle starrten gebannt, die Köpfe in den Nacken gelegt, auf diesen bizarren Moment, der kein Ende zu nehmen schien.

In der Ferne hörte Sina Sirenen heulen. Sie spürte, wie ihr der Schweiß zwischen den Brüsten entlanglief. Schnell stellte sie ihre Vespa auf dem Gehsteig ab und griff unterm Laufen nach der Canon. Rainer hatte sie ihr geschenkt. Der Zoom der Kamera war unglaublich.

»Du bringst mich noch ins Grab!«, schrie der Mann plötzlich und Sinas Nackenhaare richteten sich auf. Sie konnte nicht sagen, warum.

»Ich habe dir ein neues Leben geschenkt und nun willst du mich verlassen?!«

Die Stimme des Mannes donnerte durch die Straße. Sina merkte nicht, dass sie die Luft anhielt.

»Du bist nichts ohne mich!«, brüllte er weiter und drückte die Frau noch fester an sich. Panisch schrie diese auf. Ein Raunen ging durch die Meute der Schaulustigen, doch keiner sprach ein Wort. Sina sah durch ihre Kamera die vor Furcht weit geöffneten Augen der Frau. Ihr wurde flau im Magen.

Wieder und wieder hallten die Worte des Mannes in ihr nach und plötzlich fürchtete sie sich. Doch nicht vor dieser Situation, nicht vor diesem Mann, sondern vor einem inneren Wissen, was sie nicht in Worte fassen konnte. Ein Wissen in ihrer Welt, in ihrem Universum, fernab der Menschen hier um sie und über ihr. Sina ließ die Kamera sinken. Sie hatte kein einziges Bild geschossen und sie wusste, dass sie auch keines mehr machen würde.

»Wie kann dir unsere Liebe nur so egal sein?!«, hörte sie den Mann brüllen, während Sina sich abwandte, ruhig zu ihrer Vespa ging, und langsam davonfuhr. Als die nächste Ampel auf Rot sprang, holte sie ihr Handy heraus und tippte

»Ich kündige.«

Sie schickte es an ihren Chef und nach einer Eingebung heraus auch an Rainer und als sie begriff, was sie ihm eben geschrieben hatte, brach sie in schallendes Gelächter aus.

VII

MAXIMILIAN

Der Junge versuchte mitzuhalten. Sein Vater trat kräftig in die Pedale und schoss den Radweg entlang. Maximilian erhob sich vom Sattel, um mehr Kraft entwickeln zu können. Sein Vater mochte es nicht, wenn er die Geschwindigkeit wegen seines Nachwuchses drosseln musste. Sie bogen aus der Sonnenstraße in die Schwanthaler und fädelten sich zwischen die Autos. Es waren noch einige Kilometer bis ins Freibad, doch der Gedanke an das herrliche Becken verlieh ihm neue Kraft, um den Anschluss an seinen Vater nicht zu verlieren. Vor sich sah er eine große Menschentraube mitten auf der Straße stehen. Sie blickten alle in das Fenster eines Hauses hinauf. Maximilian konnte nicht erkennen, was da vor sich ging. Noch nicht. Sie waren so schnell, dass sie scharf abbremsen mussten, als eine Polizeiabsperrung wie aus dem Nichts vor ihnen auftauchte. Maximilian hatte Mühe, sein Fahrrad unter Kontrolle und zum Stehen zu bringen. Er stieg ab und keuchte. Hörte nur sein Keuchen. Ansonsten nichts. Gar nichts. Obwohl ungefähr 100 Menschen wie ein Pulk auf der Straße standen, war es hier totenstill. Das

Rauschen des entfernten Verkehrs klang dumpf und unwirklich. Maximilian sah, wie ein halbnackter Mann einer Frau ein Messer an die Kehle hielt. Er schien außer sich, obwohl Maximilian nicht viel davon verstand. Eigenartigerweise war Maximilian weder entsetzt noch schockiert. Er war fasziniert. Fasziniert über die Macht, die der Mann da oben im Fenster empfinden musste. Er hatte sich noch nie mächtig gefühlt. Er wusste nicht einmal, wohin er in dieser, in seiner Familie, gehörte. Sein großer Bruder war 17, fast fertig mit dem Abitur, er gerade 13, weder Kind noch Jugendlicher und sein jüngerer Bruder war neun, das Nesthäkchen und der Liebling. Beide Brüder hatten so etwas wie Macht. Der Ältere, weil er der Größte und Stärkste war und der Jüngere auch, da er alle Freiheiten eines kleinen Prinzen genoss. Nur er, Maximilian, er war irgendwie fehl am Platz.

»Komm' endlich!«, bellte sein Vater. Er hatte umgedreht und war im Begriff in den Sattel zu steigen. Am liebsten wäre Maximilian hiergeblieben, denn er wollte unbedingt wissen, was passieren würde. Doch er wusste, dass er sich großen Ärger einhandelte, wenn er sich widersetzte. Er warf noch einen letzten Blick in den ersten Stock des fahlen, grauen Hauses, zu dem Mann, der noch immer das Messer an die Kehle der Frau hielt, und wandte sich dann ab.

Diese Szene sah er den ganzen Tag vor sich. Egal ob er kurz die Augen schloss, als er an den Beckenrand trat und Bahn um Bahn schwamm, oder ob er sich hastig Pommes mit Ketchup in den Mund schob. Er sah das Bild ganz scharf. Und er fühlte den Mann. Stark und mächtig.

Als Maximilian am Abend in die Dachkammer stieg, regte er sich zum ersten Mal nicht darüber auf, dass sein großer Bruder Ferdinand das Zimmer verwüstet hatte. Dieser saß breitbeinig im Drehstuhl und grinste dem Kommenden entgegen, doch Maximilian ignorierte ihn. Er stieg in sein Hochbett und zog die Decke über den Kopf.

»Wasn' los?«, fragte Ferdinand. Wie eine Katze war er der ungewöhnlichen Atmosphäre auf der Spur, machte zwei Sätze zu Maximilian und zog ihn aus dem Bett.

»Hey, lass' das.«, brummte Maximilian, doch Ferdinand gab erst Ruhe, als sein Bruder auf den Füßen stand.

»Sei leise.«, raunte Ferdinand und zeigte auf Philipp, der schon schlief.

»Ich will aber nicht leise sein.«, widersprach Maximilian und riss sich los.

Es brauchte nur wenige Augenblicke, bis ihn sein großer Bruder dazu gebracht hatte, ihm alles zu erzählen. Maximilian merkte, dass er innerlich noch immer da war, in der Straße, und auf den Mann mit dem Messer in der Hand blickte.

»Wie hat er sie festgehalten?«, fragte Ferdinand.

»Na so.«

Maximilian hob den Arm, gestikulierte wild und senkte ihn wieder.

»Ich kann mir das nicht vorstellen, mach' es bei mir!«

Sein großer Bruder war total erregt, zog die oberste Schublade auf und holte ein Butterfly heraus. Die Klinge war für ein Taschenmesser sehr lang.

»Bist du blöd?«, fragte Maximilian entsetzt, doch er war seltsam berauscht bei dem Anblick.

»Feiger Idiot.«, murmelte Ferdinand enttäuscht und wandte sich ab. Blitzschnell trat Maximilian auf ihn zu, nahm ihm das Messer ab und seinen Bruder in den Schwitzkasten. Er lächelte triumphierend. Ferdinand lachte überrascht auf und sagte grinsend

»Nicht schlecht, du kleiner Penner.«

»Hör' auf zu Grinsen.«, flüsterte Maximilian und hielt seinem Bruder das Messer an den Hals. Das Blut rauschte in seinen Ohren.

»Ist ja gut.«, antwortete Ferdinand und wollte sich aus dem Griff lösen. Doch Maximilian hielt ihn fest umschlungen.

»Keine Bewegung.«, murmelte er.

»Lass' den Scheiß.«

Ferdinands Stimme bebte ein wenig. Die Gefühle, welche Maximilian in seiner Brust verspürte, kannte er nicht. Sie waren überwältigend, fast erregend. Kurz noch, dachte er sich und spürte den Widerstand von Ferdinands Haut, als er die Messerspitze noch etwas mehr gegen den Hals seines großen Bruders drückte.

»Was macht ihr da?«, hörten sie plötzlich eine kindliche Stimme aus dem anderen Ende des Raumes rufen. Die beiden Brüder drehten sich abrupt zu dem Jüngsten und als Ferdinand den Moment nutzen wollte, um sich loszureißen, versank die scharfe Klinge, die Maximilian noch immer in seiner Hand hielt, im Hals seines großen Bruders.

VIII

JAKOB

Was für ein Jammer, dachte der Rechtsmediziner bei sich. Nicht, dass ein wirkliches Gefühl in ihm aufgetaucht wäre, nein, Gott bewahre, aber wenn ein Mensch gerade mal drei Sackhaare hatte, sollte er hier nicht nackt und tot vor ihm liegen. Er war definitiv zu jung um zu sterben. Die Sache war ziemlich eindeutig, Messer im Hals und tot. Aber trotzdem musste er mit seinem Team die komplette Prozedur durchführen. Es langweilte ihn hier zwei Stockwerke unter der Erde inzwischen so sehr, jeden Tag wie am Fließband Leichen aufzuschneiden, dass er von Tag zu Tag frustrierter wurde. Es ödete ihn an, einen Kelch Blut aus dem eröffneten Herz zu schöpfen und ins Labor zu schicken. Ein Stück Leber herauszutrennen, nachdem er sie gewogen hatte, um es auch ins Labor zu schicken. Er fand es einfach fad, jeden Zentimeter der Haut nach Auffälligkeiten zu untersuchen, damit man ja nichts übersah, was es sowieso nicht gab, nur damit das Protokoll erfüllt wurde. Seit diese Marie hier mit ihrem dummen Qualitätsmanagement unterwegs war, war überall die Bürokratie hereingebrochen. Noch mehr Formulare und vorstrukturierte Abläufe. Kein Raum mehr für Individualität und Bauchgefühl. Und das Schlimmste war, hier war das Ende der Fahnenstange! Wo sollte er denn hin? Er war Facharzt der Rechtsmedizin und die Möglichkeiten noch etwas anderes zu machen, waren begrenzt.

Routiniert fotografierte er die Stelle, wo das Messer in die Haut eingedrungen war, und maß sie ab. Er hob kurz den Blick und sah in die Augen eines Medizinstudenten. Wie er diese kleinen Idioten satt hat! Er schnaubte.

»Was siehst du hier?«, fragte Jakob schroff und deutete auf die Wunde am Hals der Leiche. Der junge Mann mit den wasserstoffblonden Haaren wurde rot bis zum Haaransatz und schwieg. Jakob verdrehte die Augen.

»Ich halt's nicht aus.«, murmelte er und sprach die Maße aufs Band.

»Und du willst also Leben retten?«, bohrte Jakob weiter, als er den Brustkorb eröffnete. Sein Kollege Heinz hatte inzwischen den Schädel aufgesägt und trennte gerade den Hirnstamm durch, damit er das Gehirn entnehmen konnte. Der Medizinstudent nickte kaum merklich.

»Dann solltest du dir langsam mal Eier wachsen lassen.«, setzte Jakob nach, trennte die Lunge von den zu- und ablaufenden Gefäßen und von der Trachea und legte sie auf die Waage. Jakob hatte Mühe seiner Arbeit weiter zu folgen, er war so deprimiert und wütend über das Ganze hier, dass er am liebsten laut geschrien hätte. Und dann noch dieser kleine unsichere Idiot am Tisch! Über den ärgerte er sich am meisten.

»Was für ein Arzt willst du denn mal sein?«, fragte Jakob und fixierte ihn mit seinem dunkelsten Blick, den er aufsetzen konnte. Überraschenderweise hielt der junge Bursche dem stand. Er blinzelte nicht und starrte einfach nur zurück.

Nicht schlecht, dachte Jakob. Der Student antwortete wieder nicht auf seine Frage, als ob er sich zu fein dafür war. Jakob kochte vor Wut. Schweigend machte er seine Arbeit an der Leiche zu Ende, sprach die Daten aufs Band und verzog sich in die Umkleide. Die schmalen, hellgrauen Spinde waren auf kleinstem Raum aneinandergereiht. Hier war man fast nie ungestört, weil dies der einzige Zugang vom Treppenhaus zu den Arbeitsräumen war. Sein Spind war direkt neben der Tür. Mit schnellen Händen öffnete er das Schloss und angelte eine kleine Tüte aus seinem Rucksack. Er brauchte etwas, sonst würde er den Tag nicht überstehen.

Das Pulver drang über die Schleimhäute schnell in seine Blutbahn. Er entspannte sich sofort und noch während er das Kokain in sich anfluten fühlte, überlegte er, wie er dem kleinen Studenten eine mitgeben könnte. In seiner Unsicherheit wirkte der große schlanke Bub mit den blauen Augen erst einmal wie ein Weichei, doch genoss dieser scheinbar diesen Effekt des ersten Eindrucks. Jakob sah noch immer das Funkeln in seinen Augen vor sich, als er seinem Blick standgehalten hatte.

»Du wirst schon sehen«, knurrte Jakob leise vor sich hin und ging in die Mittagspause.

Am Nachmittag lag ein Mann mit einer Stichwunde am rechten Hals vor ihm. Er hatte sich beim Essen noch weiter in die Sache mit dem Studenten reingesteigert und sogar einige Dinge nachgeschlagen, nur um ihn noch etwas drangsalieren zu können. Schließlich waren die Medizinstudenten immer nur ein oder zwei Tage da, er musste den Moment nutzen. Und den gesamten Nachmittag quälte er ihn mit unmöglichen Fragen bis in die tiefste Biochemie hinein und es frustrierte Jakob sehr, dass er ihn nicht klein kriegen konnte.

Das betretene Schweigen seiner Kollegen machte Jakob noch wütender. War er denn nur von Weicheiern umgeben, dachte er bei sich und ließ das Blut aus dem Herzbeutel mit der Kelle so weit von oben in die Schüssel klatschen, dass die Hälfte daneben ging. Sofort fiel einer seiner Assistenzärzte auf die Knie und wischte es weg.

Jakob schwitzte, sein Körper war klatschnass, er wusste nicht wohin mit sich, und obwohl das Geräusch des Aufsägens des Schädels schon längst verklungen war, hallte es in Kopf und Ohren noch nach. Alles brummte. Das Neonlicht blendete. Die Leiche vor ihm stank. Depp, dachte er bei sich und blickte in den geöffneten Brustkorb. Du hast auch nur bekommen, was du verdient hast. Obwohl er den Toten auch verstehen konnte, Frauen trieben Männer in die Raserei. Er hätte auch gern der einen oder anderen seiner Verflossenen ein Messer an den Hals gehalten, um sie etwas einzuspuren.

Und während er da so stand, seine Hände die routinierten Arbeiten erledigten und er mit den Gedanken abschweifte, sprachen seine Lippen folgendes auf das Band

»Die Messerspitze drang von der rechten Seite in den Hals, 7 cm tief, Verlauf von kaudal nach kranial, mit einem Neigungswinkel von 45°.«

Eigentlich hätte er sagen sollen

»Die Messerspitze drang von der rechten Seite in den Hals, 7 cm tief, Verlauf von kranial nach kaudal, mit einem Neigungswinkel von 45°.«

IX

AYLA

Die Worte und Sätze drangen nur von Weitem zu ihr. »Totschlag … Aspekt der Notwehr …«

Totschlag. Ayla glaubte, sie werde ohnmächtig. Sie konnte sich kaum auf den Beinen halten. Sie hob den Kopf. Überall angespannte Gesichter. Der Raum war zu klein für die vielen Menschen. Aneinandergedrängt saßen die Zuschauer in wenigen Reihen bis zu den Wänden und lauschten angespannt der Person, die eben über ihr weiteres Leben entschied. Ein Mensch, der die Informationen, die er bekam, in ein Verhältnis setzte und dann daraus Schlüsse zog.

Der Richter las das Urteil vor und hin und wieder glaubte sie, hektisches Gemurmel zu hören. Die Journalisten, mit ihrem Hunger nach Skandal, kritzelten wild auf ihren Blöcken.

»… verurteilen … zu einer Freiheitsstrafe von fünf Jahren und neun Monaten … . Ausschlaggebend für dieses Urteil waren die Aussage der Mutter des Getöteten und die forensischen Beweise.«

Aylas Anwalt schnappte nach Luft. Ihr selbst sackten die Beine weg. Sie spürte kaum, wie ihr Anwalt sie noch auffangen und auf den Stuhl setzen konnte. Alles war leer und vernebelt. Kein Gedanke flitzte durch ihren sonst immer beschäftigten Kopf. Ayla rückte ihr Kopftuch zurecht und starrte zu Boden. Trotz der Verhüllung fühlte sie sich so nackt und ausgeliefert, wie noch nie in ihrem Leben. Mit ihren Augen lief sie die Kanten des Parketts ab und wagte es nicht, sich zu bewegen. Sie wusste auch so, dass die Mutter von Amir sie mit ihren triumphierenden Adleraugen fixiert hatte.

Ayla hörte, wie der Richter zum Ende kam und unter dem Getuschel der Zuschauer mit seinen Schöffen den Gerichtssaal verließ. Sie bedeckte ihr Gesicht mit einem weiteren Tuch, was sie sich über den Kopf warf und versuchte dem Drang, einfach bitterlich zu weinen, Herr zu werden. Sie hörte Kameras klicken, Stühle rücken und die sanfte Stimme ihres Anwalts

»Ayla, ich glaube ihnen. Wirklich. Und ich werde Berufung einlegen.«

Dann war er weg und zwei Beamte zogen sie grob auf die Beine, um sie hinauszuführen. Noch einmal ließ sie den Blick durch den Raum gleiten. Noch schrieben die Journalisten ihre Geschichten, noch interessierte sie der Skandal, das Aufregende; vielleicht würden sie heute Abend bei Kerzenschein und Dinner davon erzählen, doch morgen würde für sie alles vergessen sein. Es würde sich niemand fragen, wie es ihr wohl ginge und ob das Urteil gerechtfertigt war. Ayla spürte den Geschmack von Bitterkeit. Den kannte sie in dieser Form bisher nicht. Kurz bevor sich die Tür hinter ihr schloss, hörte sie die Worte ihrer Schwiegermutter

»Jetzt bekommst du, was du verdienst, du Schlampe!« Sie schien es zu schreien, hysterisch und bellend.

Ayla war versucht sich umzudrehen und sie zu fragen, was sie ihr je getan hatte, doch die Tür ging zu und es wäre nicht von Belang gewesen. Sie hätte keine ehrliche Antwort bekommen. Dass Ayla nicht die Frau war, die sich die Mutter von Amir für ihn gewünscht hatte, war das eine, doch dass diese Frau sie so abgrundtief verabscheute, dass sie sie eines Mordes bezichtigte, obwohl sie daneben- stand, als sich Amir mit großem Schwung das Messer mit dem Worten

»So weit hast nur du mich getrieben.«, selbst in den Hals gerammt hatte; war etwas ganz anderes.

Und nun wurde sie abtransportiert, weg von ihrem al- ten Leben. Einem Leben, in dem es für sie keine Gerech- tigkeit gegeben hatte. Weder von den Menschen um sie, noch von dem Staat, in dem sie dachte, etwas anderes zu finden, als Verachtung für Frauen und völlige Willkür.

Sie hatte während der Verhandlung kaum verstanden, was forensische Beweise waren, doch hatte man wohl he- rausgefunden, dass die Stichwunde von unten nach oben im Hals verlief und dies einen Selbstmord soweit wohl ausschloss und die Aussage der Mutter des Getöteten unterstrich. Denn Ayla maß nur 1,56m. Und mit dieser Angabe des Rechtsmediziners war für den Staatsanwalt bewiesen gewesen, dass sie log und ihn mit der Klinge er- stochen hatte.

Somit war auch ihre eigene Aussage, dass Amir mit weitem Schwung, das Messer in der Rechten, ausgeholt und es sich selber von oben in den Hals gerammt hatte, hinfällig.

Die Schiebetür des Transporters klickte ein und der Wagen rollte an. Die Straße draußen schien etwas uneben. Ayla hörte das leise Klirren ihrer Handschellen. Es hallte eigenartig in dem funktionell eingerichteten Wagen. In der Fahrerkabine war es still. Eine große schlanke Beamtin saß ihr schräg gegenüber, doch mied sie den Augenkontakt. Ihre Uniform war sauber und gebügelt und die steife aufrechte Haltung der Frau gab der Kleidung beinahe etwas Majestätisches. Ihr kurzes helles Haar trug sie wild und frei. Ayla konnte nicht aufhören, sie anzuschauen. Diese Frau. Ohne Kopftuch. Frei. Unabhängig. Einen Beruf ausübend. Der Schmerz, der sich in ihr auftat, war überwältigend.

Bilder ihre Großmutter flackerten vor ihr auf. Sie hatten in der Küche gestanden. Ayla schrubbte auf den Knien den Boden, als sie plötzlich hinter ihr aufgetaucht war. Es war furchtbar laut in den anderen Räumen gewesen. Männer lachten und sangen mit Gläsern in der Hand, und über Ayla tanzten die Frauen und Kinder im großen Schlafraum.

»Kind, geh'.«, hatte ihre Großmutter geflüstert und sich ganz nah an sie gepresst.

»Geh', sei frei.«

Sie hatte Ayla ein großes Bündel Geld in die Hand gelegt, ihr ihren Pass in die Jackentasche gesteckt und sie aus dem Haus geschoben.

»Geh', jetzt oder nie.«

Ayla erinnerte sich noch gut an den Blick ihrer Großmutter. Durchdringend. Flehend. Sie sollte ihr verlorenes Leben leben. Und Ayla war gegangen. Mit klopfendem Herz und wunden nassen Händen, den Pass fest an ihren Leib gedrückt.

Ein Cousin hatte sie nach Deutschland geschleust. Nach fünf Fahrzeugwechseln hatte sie jedes Gefühl für Raum und Zeit verloren. Sie konnte auch nicht mehr sagen, wann sie denn nun endgültig in dem neuen Land angekommen war. Außerdem war sie auch nicht mehr voller Hoffnung, Neugier und Freude gewesen. Zu lange hatte sie im Dunkeln zwischen Obst und Wein gesessen.

Ihr Cousin hatte sie bei Amir abgestellt, ihr den Pass und das Geldbündel abgenommen und ehe sie protestieren konnte, war er verschwunden und sie in einer Moschee verheiratet gewesen.

Sie seufzte lautlos bei dem Gedanken. Sie war seitdem nicht mehr nur Gefangene einer Religion, an die sie nicht glaubte, sondern auch noch gefangen in einem Land, was sie nicht kannte.

Sie blickte wieder zu der Frau. Immer noch saß sie ihr schweigend und steif gegenüber. In der Fahrerkabine lief ein Radio. Ayla fand die Musik, die die Menschen hier hörten, eigenartig, aber schön. Wann immer es ging, hatte sie heimlich Deutsch gelernt, ohne dass es Amir gewusst hatte. Die Sprache zu verstehen, gab ihr etwas Sicherheit in ihrem sonst so unsicheren Leben, voller Zorn und Schlägen. Und nun würde sie eine Gefangene ihrer Religion, Gefangene in einem fremden Land und damit eine Gefangene in der Gefangenheit sein. Sie schüttelte kaum merklich den Kopf und blickte durch die Fahrerkabine auf die Straße. Doch würde sie das wirklich sein? Gefangene? Und in diesem Moment, als sie wieder die Frau in der Uniform betrachtete und begriff, dass sie nun alles andere, nur keine Gefangene in ihrem eigenen Leben mehr war, griff sie sich an den Kopf und zog das Tuch herunter.

X

FRANZISKA

Sie glaubte es nicht. Sie glaubte nicht, dass das Gericht die richtige Entscheidung getroffen hatte. Jeden Tag hatte sie der Verhandlung beigewohnt und war zu dem Entschluss gekommen, dass die Mutter des Ermordeten gelogen hatte. Franziska hatte hin und her überlegt, wie es sich mit den forensischen Beweisen verhielt, doch glaubte sie inzwischen, dass man sich das Messer auch von unten nach oben selbst in den Hals rammen konnte. Doch der Staatsanwalt war unerbittlich gewesen. Franziska glaubte bemerkt zu haben, wie sehr er diesen Fall hatte gewinnen wollen. Da sie eher nicht zu Spekulationen neigte, ließ sie die Frage, warum ihm die Verurteilung dieser Frau so wichtig gewesen war, ruhen. Auch jetzt, hier, in dem unbequemen Gefangenentransporter. Sie wagte es nicht, der Verurteilten in die Augen zu schauen. Es kostete sie alle Mühe, doch sie wollte auf keinen Fall, dass sie ihr Mitgefühl für diese Frau überwältigte. Also sah sie geradeaus ins Blech und versuchte sich abzulenken. Es gab auch wirklich genug andere Probleme in ihrem Leben.

Sie war an einem kritischen Punkt. Sie war Anfang Dreißig und hin- und hergerissen zwischen einem Aufbaustudium, um in den gehobenen Dienst zu gelangen, und dem üblichen Thema in ihrem Alter. Kinder gebären.

Ihr Freund Mike hatte nach fünf Jahren darauf hinarbeiten ganz klar signalisiert, dass er Kinder haben möchte. Und dass er keine zwei, drei Jahre mehr warten würde. Karriere oder Beziehung. Darauf konnte man inzwischen alle Diskussionen reduzieren und zusammenfassen. Sie hatte die Wahl. Studium oder eine Beziehung mit Mike. Franziska hatte inzwischen manchmal öfter den Gedanken gehabt, dass es ihm nur noch ums Prinzip ging. Seine Arbeit ließ weder Zeit für ein Baby, noch Raum für einen dritten Menschen in ihrer Beziehung zu. Irgendwie glaubte sie, dass er nicht wollte, dass sie studierte, da er selbst nie studiert hatte. Er arbeitete seit jeher auf dem Bau. Die damit einhergehende assoziierte Männlichkeit, konnte den Aspekt, dass sie mehr Geld nach Hause brachte als er, bisher ausbalancieren. Doch ein Studium würde er nicht verkraften, und er versteckte sich hinter dem Pseudoargument des dringenden Kinderwunsches. Der Wagen kam ruckartig zum Stehen. Franziska musste sich festhalten. Hupen. Brüllen. Anfahren.

Ihr Herz schlug schnell vom Schreck. In der Fahrerkabine drehte Bernd die Musik etwas lauter. Immer hörte er nur Schlager. Franziska verdrehte die Augen und strich sich mit beiden Händen kurz die Hosen glatt. Die Uniform war frisch aus der Reinigung und roch nach nichts. Sie verstand bis heute nicht, wie es möglich war, Sachen zu reinigen, ohne dass sich ein Geruch darin festsetzte.

Aus dem Augenwinkel sah sie die Gefangene und konnte sich nicht erklären, warum sie sich beim Anblick ihres Kopftuches derart beklemmt fühlte. Es schnürte ihr regelrecht den Hals zu. Für sie selbst würde ein Kopftuch niemals ein Symbol für eine Religion sein. Es machte sie wütend, dass es Menschen gab, die diese Meinung vehement vertraten. Es war ein Symbol für die Unterdrückung der Frau. Man konnte es einfach nicht beschönigen. Doch warum ließen es die Frauen auch zu?

Ihre Gedanken sprangen weiter und sie merkte, wie sich Wut in ihr ausbreitete. Und sie spürte auch, dass parallel noch etwas anderes in ihr Bewusstsein dringen wollte. Während sie fieberhaft darauf lauerte, dass ihr die Erkenntnis kam, vernahm sie eine Bewegung. Sie blickte die Gefangene an, die an ihrem Kopftuch nestelte. Doch anstatt es zurechtzurücken, löste sie es und zog es sich vom Kopf. Dichtes dunkles langes Haar fiel auf ihre Schultern. Achtlos ließ sie das Tuch zu Boden gleiten. Starrte es an und stellte dann ihre rechte Ferse darauf.

Franziska sah, wie sich der Ausdruck in ihrem Gesicht veränderte. Ihre Gesichtszüge entspannten sich und in ihre fast schwarzen Augen trat ein Lächeln. Und in diesem Moment wurde es Franziska klar. Drang das Erkennen in ihr Bewusstsein. Auch sie selbst trug ein Kopftuch. Ein Unsichtbares. Und sie hatte das Gefühl, dass sie keine Wahl hatte, es zu tragen oder nicht. Denn wenn sie sich für sich entscheiden würde, für sich und ihren Weg, dann würde Mike sie verlassen.

XI

MIKE

Die Sonne brannte. Der Himmel zählte keine einzige Wolke, egal in welche Richtung Mike zum Horizont blickte. Die Dächer von München ertrugen stoisch und stumm die gnadenlose Hitze. Er ließ die Beine vom Gerüst baumeln und nippte an seinem Bier. Der Polier drückte gern einmal ein Auge zu, wenn sich seine Mannschaft in der Mittagspause einen Schluck gönnte, solange am Ende des Tages die Arbeit getan war. Was würde ihn heute, am Ende dieses Tages, noch erwarten? Hatte er dann noch eine Frau? Wie furchtbar sie sich heute Morgen wieder gestritten hatten. Mike seufzte und nahm einen großen Schluck. Wenn er ehrlich zu sich war, war eigentlich nur er außer sich gewesen. Franziska hingegen war ganz ruhig geblieben. Beängstigend ruhig.

»Es ist deine Entscheidung.«, hatte sie gesagt und war zur Tür hinaus gegangen, bevor er sie weiter beschimpfen konnte. Und nun saß er hier und wusste nicht weiter. Sein Vater wäre sehr enttäuscht, wenn er wüsste, dass er seine Frau nicht in den Griff bekam.

»Du lässt den Weibern zu viele Freiheiten.«, hatte er schon öfter gesagt, und nun hatte Mike die Quittung. Lange Zeit hatten seine Drohungen Wirkung gezeigt, als sie mit dem schwachsinnigen Studium dahergekommen war. Doch heute früh, als sie wieder damit angefangen und er ihr die Pistole auf die Brust gesetzt hatte,

»Entweder das scheiß Studium oder ich.«, waren ihr nicht die Tränen kommen.

»Ich liebe dich und möchte mit dir zusammen sein, doch ich werde dieses Studium beginnen.«, hatte sie geantwortet. Und nun saß er hier wie ein Idiot. Er rieb sich kurz mit der linken Hand abwechselnd über beide Oberschenkel. Unter dem schwarzen Stoff brannten ihm die Schenkel. Er dachte fieberhaft darüber nach, wie Franziska ihm so hatte entgleiten können. Er hatte all das gemacht, was sein Vater ihn gelehrt hatte. Zuckerbrot und Peitsche. Das letzte Wort haben. Die Leine kurzhalten. Ihr auf die Finger schauen. Andere Weiber haben, damit sie sich nicht zu sicher fühlte. Und trotzdem war sie heute mit hoch erhobenem Kopf und geradem Rücken durch ihre Wohnungstür gegangen. Ohne Angst, was die Folgen sein könnten.

Er nahm wieder einen großen Schluck Bier, lehnte sich etwas nach vorn und blickte die sieben Stockwerke bis zum Boden hinab. Seine Kollegen saßen lachend im Schatten und prosteten sich zu. Die hatten ihre Weiber im Griff. Tanzten ihnen nicht auf der Nase herum. Mike schüttelte den Kopf.

»Alles okay?«, hörte er im Rücken eine Stimme fragen. Mike drehte sich um und sah, wie Sven mit zielstrebig festem Schritt auf ihn zu kam. Er hatte kein Hemd an und der Schweiß perlte auf seinem durchtrainierten Oberkörper. Betont lässig ließ er sich neben Mike nieder. Er setzte sich dicht neben ihn. Etwas zu dicht für Mikes Geschmack, aber er sagte nichts. Sven war schon, wie er selbst, seit zehn Jahren bei der Truppe. Sie arbeiteten einen Auftrag nach dem anderen ab, fast immer im Zeitfenster. Sie waren gute Freunde geworden. Und eigentlich war es Mikes einziger richtiger Freund.

»Franziska will studieren.«, sagte Mike ohne Umschweife.

»Ja und?«, fragte Sven und ließ die Beine leicht baumeln. Mike wunderte sich über seine Reaktion.

»Wie, ja und. Das geht doch nicht.«

Mike merkte, dass seine Worte weder fest noch bestimmt klangen. Er war verwirrt über die ehrliche, aber nicht vorwurfsvolle Verständnislosigkeit, mit der ihm Sven begegnete.

»Wieso geht das nicht? Könnt ihr es euch nicht leisten? Das ist doch im Zeitalter des Kredites kein Problem mehr.«

»Ich habe ihr gesagt, dass ich sie verlassen werde, wenn sie studiert. Schließlich wollten wir Kinder.«

Als Mike die Worte sprach, hier in der Mittagssonne über den Dächern von München, kam er sich irgendwie dämlich vor. Er wusste nicht warum. Und als Sven nur ein »Oh.«, von sich gab und dann betreten schwieg, wurde das Gefühl stärker. Er fühlte sich einerseits so unverstanden und andererseits begann er sich seiner Gedanken und Äußerungen zu schämen. Ein scheußliches Gefühl war das. Umständlich schälte sich Mike aus dem Gerüst und kam auf die Beine. Sven schwieg und starrte in die Ferne. Die Wut und Scham, die ihn plötzlich überkam, war ihm so arg, dass er Sven ohne ein weiteres Wort sitzen ließ und mit schnellen Schritten zur Leiter ging. Schweiß trat ihm auf die Stirn. Doch es war nicht die Sonne. In ihm war alles in Aufruhr. Und mit jedem Schritt, den er die Leiter hinabstieg, tauchte er tiefer in diese Gefühle hinab. Sie waren wild und blind. Jetzt musste er sie verlassen, obwohl er sie doch haben wollte! Behalten wollte! Lieben wollte! Wieso musste sie denn so verdammt aufsässig sein? Er hatte es doch schon akzeptiert, dass sie mehr Geld verdiente, was er seinem Vater niemals erzählen würde, doch dass sie jetzt auch noch demonstrieren musste, dass sie klüger war als er, das konnte er nicht hinnehmen. Und vertuschen erst recht nicht. Und das wirklich Schlimme war, dass er feststeckte. Er musste reagieren, er konnte dem Thema nicht ausweichen, außer es würde etwas dazwischenkommen. Außer es würde etwas wirklich Schlimmes dazwischenkommen. Etwas, was den Streit verwischen würde. Und als ihm das klar wurde und er gerade begann, die ersten Stufen der letzten Leiter hinabzusteigen, nutzte er diese eine kleine Chance, um aus diesem Dilemma zu entkommen und ließ sich nach hinten fallen.

XII

SVEN

Er war in seinem ganzen Leben noch nie so in Sorge gewesen. Noch nie. Als er den dumpfen Aufprall mit dem kurzen Aufschrei vernommen hatte, hatte er sofort gewusst, dass Mike etwas passiert gewesen war. Und seine schlimmste Befürchtung hatte sich bestätigt. Bewusstlos hatte sein Kollege am Ende der Leiter gelegen, das rechte Bein war eigenartig verdreht gewesen.

»Schau mich nicht so mitleidig an.«, sagte Mike und grinste schief, während er die Decke zurückschlug. Es war furchtbar warm hier drin. Vor allem hier am Fenster, wo sein Bett direkt daneben und somit heute in der prallen Sonne stand. Das Zimmer musste er mit zwei anderen Männern teilen, doch die Betten waren leer. Sven setzte eine spöttische Miene auf und entgegnete

»Ich habe maximales Mitleid für deine Zimmergenossen. Du treibst sie sicherlich in den Wahnsinn. Sie sind wohl geflüchtet.«

Mit einer ausschweifenden Armbewegung drehte Sven sich einmal um die eigene Achse und verwies auf die leeren Betten.

»Schnauze Burkow.«, grinste Mike, doch er musste lächeln. Sven liebte dieses Lächeln. So wie er alles an ihm liebte. Seine Zähne. Sein Haar. Seinen durchtrainierten Körper. Sein Denken. Seine Art. Und seine himmelblauen Augen. Diese Augen! Schon als er das erste Mal in sie geblickt hatte, war es um ihn geschehen gewesen. Und das war nun zehn Jahre her und es war auch nicht besser geworden. Eher schlimmer, Sven war hoffnungslos und vor allem aussichtslos in diesen Kerl verliebt. Doch auf dem Bau sich als schwul zu outen war genauso ausgeschlossen, wie beim Profisport. Quasi Selbstmord. Also hatte er das mit sich selbst ausgemacht und für sich entschieden, es niemals an- und auszusprechen. Und wenn er ehrlich zu sich war, hoffte er eigentlich ein wenig, dass er endlich mal einen anderen Typen kennenlernte, der in ihm das gleiche auslöste. Doch das war bisher nicht einmal ansatzweise geschehen. Irgendetwas fand Sven immer an ihnen, was ihn so abtörnte, dass er sich dann einfach nicht mehr mit den Männern treffen musste. Und das war meist dann, wenn sie sich in ihn verliebten.

Svens Handy brummte. Er angelte es aus der Hose.

»Ficken?!«, stand unter einem Foto von einem großen Schwanz, welcher prall und steif war.

»Bei dir?«, fragte er.

»Beeil' dich.«, las Sven und steckte dann das Handy wieder weg.

»Lass' mich raten, deine Süße ruft?«, witzelte Mike. Doch Sven sah, dass ihm eigentlich nicht nach lächeln, witzeln oder nach Gesellschaft war. Er hatte Mike noch nie so erlebt. Eine sehr tiefe Unsicherheit umgab ihn, ohne dass man es wirklich greifen konnte. Als ob er eine innere Befürchtung und Sorge in sich trug, dass ihm gerade sein ganzes Leben entglitt.

Und das war ja auch irgendwie der Fall. Die Ärzte hatten gesagt, dass sie nicht wüssten, ob er je wieder beschwerdefrei laufen würde können. Und das würde bedeuten, dass er vielleicht nie wieder in seinen Job zurückkehren konnte. Und Sven wusste auch, dass es mit ihm und Franziska schlecht stand. Sie kam zwar jeden Tag brav ins Krankenhaus, doch die Stimmung war eisig, hatte Mike erwähnt.

»Ich muss los.«, antwortete Sven knapp, ohne auf seine Frage zu antworten, nahm seinen Rucksack, blickte noch einmal kurz in die blauen Augen, die ihn nachts nicht schlafen ließen und ging dann aus dem Zimmer, um sich draußen aufs Fahrrad zu schwingen und zu François zu fahren.

Er brauchte nur wenige Minuten, bis er den Altbau erreichte. Das Fenster im zweiten Stock war weit geöffnet. Er pfiff kurz durch die Zähne, während er das Fahrrad anschloss, und hörte schon den Summer, bevor er die Tür erreicht hatte.

Grußlos trat Sven über die Schwelle, packte François am Hals und drückte ihn fest gegen die Wand. Sven wollte ihn nicht küssen, er wollte nur Mike küssen. Der Gedanke an seine Zunge erregte ihn und er spürte, wie es in seiner Hose zu spannen begann. Er drehte François um. Zog dem Franzosen die Shorts auf die Knie und stieß so schnell und hart in ihn, dass der kurz aufstöhnte. Vor Schmerz. Sven war wie von Sinnen. Er war verzweifelt und erregt, er war unglücklich und berauscht, er war hoffnungslos und gleichzeitig voller Leben. Diese ganzen Widersprüche entluden sich in diesen fünf Minuten. Fünf Minuten, in denen François mit nackten Füßen und nacktem Oberkörper an die Wand gedrückt stand und die milde Sommerluft den Lärm des Verkehrs durch das offene Fenster zu ihnen trug. Fünf Minuten. Dann war alles vorbei. Als Sven wieder zu sich kam, fühlte er sich schuldig. Aber nicht mehr als sonst. Schließlich lebte er damit seit zehn Jahren, ging mit einem Typen nach dem anderen heim und dachte beim Sex immer nur an Mike. Sven schüttelte den Kopf, lief den langen schmalen Flur entlang bis ins Schlafzimmer und warf sich aufs Bett. Ihm war nach weinen zumute. Dieser Unfall von Mike hatte auch für ihn Konsequenzen. Denn wenn er nicht mehr auf den Bau zurückkehren würde können, würde Mike einfach aus seinem Leben verschwinden. Wäre einfach weg. Und mit ihm die vergangenen zehn Jahre seines Lebens.

XIII

FRANÇOIS

Er legte sich zu Sven und fuhr ihm durchs Haar. Dieser schöne Mensch, dachte er bei sich. Ein Teil von ihm fühlte sich missbraucht und benutzt, wenn er an die letzten zehn Minuten seines Lebens dachte, ein anderer, ein größerer Anteil in ihm, empfand ein tiefes Mitgefühl für den jungen Mann, der sich hier völlig aufgelöst in seinen Laken vergraben hatte. Nicht dass Sven etwas gesagt oder preisgegeben hätte, nein, das würde er niemals tun. Doch François fühlte es einfach. Er sah ihn. Ihn und seine Not. Seine Verzweiflung. Er kannte ihn nun seit fünf Jahren. ‚Unverbindlicher Sex gesucht', hatte in Svens und in seinem Profil gestanden. Und das war auch Programm. Sven sprach nicht über sich, er sprach allgemein nicht viel und er wollte nicht geküsst werden. Das bedauerte François sehr. Diese vollen schönen Lippen waren tiefrot und sinnlich. Doch er akzeptierte es und er drängte ihn nicht. Für so etwas war er sowieso viel zu alt. Er genoss, was zu ihm ins Bett schlüpfte, er stellte keine Forderung, er verliebte sich nicht und er war dankbar. Mit sechsundvierzig Jahren war man in der Szene uralt, obwohl er sich gut gehalten hatte.

François blickte an die Decke und sah in dem überdimensionalen Spiegel, den er da hatte befestigen lassen, seinen Körper. Der war drahtig trainiert und auch im Liegen konnte man die Konturen seines Sixpacks sehen. Das war den jungen Kerlen so verdammt wichtig. Obwohl er nicht verstand, warum. Denn man war kein besserer Liebhaber dadurch und erst recht kein besserer Mensch. Ganz im Gegenteil, manchmal hatte François das Gefühl, dass die Menschen durch den Körperkult im Außen, den Kontakt zu ihrem Inneren verloren hatten. Doch man musste das Spiel mitspielen. So waren die Regeln. In Beziehungen fühlte er sich schnell eingeengt, der Fluch der Monogamie hatte sich nun auch bei den schwulen Männern in Beziehungen eingeschlichen und er war es leid, sich in seiner Sexualität beschneiden zu lassen und er war es noch mehr leid, sich für seine Sexualität entschuldigen zu müssen. Es war ihm manchmal gewesen, als ob er sich hatte dafür entschuldigen müssen, dass er aß, trank und schlief. Dann blieb er lieber allein.

Der Geruch von Grillfleisch zog durchs Fenster in seine Nase und er lächelte. Sven war inzwischen eingeschlafen, seine Gesichtszüge hatten sich entspannt und sein schöner Körper lag ruhig und warm im Weiß. Schnell wandte sich François ab, denn er wusste, dass Sven ihn mehr berührte, als ihm lieb war und er wollte auf alle Fälle vermeiden, dass er sich mehr als nötig in ihn verknallte. Denn es war sowieso aussichtslos. Der hübsche Bauarbeiter war seit

Anbeginn ihrer Sex-Dates in einen anderen verliebt gewesen. Und der war wohl nicht zu haben, mutmaßte François. Gerade in den letzten Monaten konnte man Sven noch mehr als sonst anmerken, dass er sehr unglücklich war. Und obwohl er nie darüber sprach, war François relativ sicher, dass es um einen Mann ging. Und wenn Sven Pech hatte, dachte François bei sich, dann war der Typ mit einer Frau verheiratet, und stockhetero. Nicht dass er je einen Typen kennen gelernt hatte, den er, hetero hin oder her, nicht rumbekommen hätte; doch Sven wirkte, als ob er lieber alles mit sich selbst ausmachte, bevor er seine Gefühle preisgab oder gar forsch auf Angriff überging. Obwohl Sven es in sich hatte, einfach mal zuzupacken. Spätestens nach seinem heutigen Besuch, wusste das François. Bei dem Gedanken daran, regte es sich in ihm und er erinnerte sich, dass er nicht gekommen war. Leise erhob er sich und ging über den langen Flur ins Bad und schloss ab. Eigentlich machte er es sich gerne mit einem kleinen Filmchen bequem, wenn er selbst Hand an sich legte, doch er befürchtete, dass Sven aufwachen und ihn erwischen könnte und das wäre ihm furchtbar peinlich gewesen. Und als er in seine Hose griff, merkte er, dass ein Film sowieso überflüssig gewesen wäre. Er schloss die Augen und spürte Sven sofort wieder in sich, hart und wild.

Als François die Steaks aus der Pfanne hob, hörte er Sven hinter sich in die Küche kommen.

»Du kommst genau richtig.«, sagte François und lächelte über die Schulter hinweg in Richtung des fast schwarzen

Teakholztischs, der vor dem sonnendurchfluteten, riesigen Fenster stand.

»Ich bleibe nie zum Essen.«, murmelte Sven und zog den Reißverschluss seiner Hose zu.

»Du lagst auch noch nie schlafend in meinem Bett.«, sagte François grinsend und drehte sich zu ihm um. Wie umwerfend er aussah, wenn er verschlafen war, dachte er bei sich und seufzte lautlos.

François spürte ein leichtes Ziehen in der Brust.

»Deshalb muss man es ja nicht gleich übertreiben. Am Ende bleibe ich noch über Nacht.«, entgegnete Sven, hockte sich hin und band sich die Schuhe.

»Das würde ich aber zu verhindern wissen.«

Sven blickte überrascht auf und François spürte, dass er ihn am Haken hatte. Langsam erhob sich Sven wieder, ging ohne ein weiteres Wort an ihm vorbei, öffnete die großen schweren Fenster und setzte sich an den gedeckten Tisch.

XIV

MAGARETE

Margarete sah, wie ein junger Mann in der Wohnung gegenüber verschwand. Als sich die Tür schloss, löste sie sich von ihrem Spion und lief unruhig hin und her.

»Schwules Pack!«, zischte sie und blieb kurz stehen.

»Verdammtes schwules Pack!«, sagte sie nun etwas lauter, nahm ihren Rollator und schob ihn vor sich her, bis sie in der Küche angekommen war. Auf dem Herd sprudelte Wasser aus einem Topf. Mit zusammengekniffenen Augen atmete sie lange aus. Dann blinzelte sie zu den springenden Wassertropfen. Sie traute sich nicht in die Nähe der Platte.

»Da verbrenne ich ja.«, flüsterte sie vor sich hin und besann sich, worauf sie eben wütend war.

»So etwas hat es früher nicht gegeben! Hitler hätte sie nach Ausschwitz geschickt. Schwules Pack!«

Margarete war außer sich und begann in der Küche hin und her zu laufen. Ihr Blick glitt immer wieder zu dem Topf, der furchtbar heiß sein musste. Es zischte bei jedem Tropfen, der heraussprang und auf dem kühlen Untergrund sofort verdunstete.

»Hitler hätte uns beschützt vor diesem Pack.«, schimpfte sie, als es plötzlich klingelte. Ängstlich blieb sie stehen.

»Jetzt kommen sie mich holen!«, kreischte sie und krallte ihre Hände fest um die Griffe des Rollators. Als es zum zweiten Mal klingelte, ließ sie ihre Gehhilfe los und schob sie von sich weg.

Die Panik überwältigt Margarete, sodass sie begann, wild mit den Armen zu schlagen. Sie hörte, wie sich der Schlüssel im Schloss drehte und rief

»Nein! Nein!«

Margarete blickte sich um, sah den kleinen Tisch in der einen, die lange Küchenzeile im anderen Eck und tippelte, so schnell es ihr möglich war, zur Küchentür, um sich dahinter zu verstecken.

»Sei leise Margarete.«, mahnte sie sich,

»Sie dürfen dich nicht finden. Nicht finden!«

Ihre Stimme war fest und wurde immer leiser, als sie vor sich hinsprach.

»Frau Bergmann?«, hörte Margarete eine weiche liebliche Stimme fragen.

»Frau Bergmann, ich bin's, Helena. Sind sie da?«

Margarete biss sich auf die Unterlippe.

»Sie finden dich hier nicht.«, flüsterte sie und schloss die Augen.

»Sie dürfen dich nicht finden.«, beschwor sie sich.

»Frau Bergmann, ich bin jetzt in ihrer Wohnung, wie gestern und vorgestern. Ich koche immer mit ihnen zu Mittag.«, sagte die liebliche Stimme. Margarete schwieg.

»Sie wollen mich holen. Mich aus dem Versteck locken, aber nicht mit mir«, flüsterte Margarete und ballte die

Fäuste, während sie die Augen weiterhin fest verschlossen hielt. Dann lauschte sie angestrengt. Die Ohren waren nicht mehr gut, sie hatte Mühe, die Schritte auf dem knarrenden Holzboden auszumachen.

»Frau Bergmann. Ich komme jetzt in die Küche und schäle Kartoffeln.«

Leise Schritte. Stille. Margarete hörte fast nichts. Vorsichtig öffnete sie die Augen und sah eine halbe Gestalt, die sich nach den Fenstergriffen streckte, um danach mit zwei Handtüchern den heißen Topf von der Herdplatte zu heben.

»Geh' weg!«, kreischte sie und sprang hinter der Tür hervor. Ohne Rollator und ohne schwanken. Blut schoss in ihre Wangen und sie spürte, wie sie heftig schnaufen musste. Die Frau am Herd drehte sich zu ihr um und lächelte. Sie bewegte sich nicht, sondern lächelte einfach nur. Irgendetwas stieß sie in Margarete an.

»Schwules Pack!«, brüllte sie. Das war das Einzige, was ihr in den Sinn kam. Die Frau lächelte weiter und goss das heiße Wasser in den Abfluss.

»Wie haben sie geschlafen, Frau Bergmann?«, fragte die Frau und öffnete den Kühlschrank, der rechts neben der Spüle stand. Geschickt angelte sie einen Topf aus dem untersten Fach, blickte prüfend hinein und stellte ihn auf die Herdplatte. Dann warf sie ein paar Prisen Salz hinein. Diese Frau war schon einmal hier, ging es Margarete auf und ihr Herzschlag beruhigte sich.

»Thomas kommt gleich heim.«, sagte Margarete und ging langsam zu einem Stuhl, auf dem sie umständlich Platz fand. Die Sitzfläche des Holzstuhls unter ihr war aus

Korb und das grüne Sitzkissen hing halb in der Luft, als sie die Geduld verlor, es unter ihrem Po ganz hervorzog und auf den Boden warf.

»Thomas lebt nicht mehr, Frau Bergmann.«, sagte die Frau sanft.

»Ja.«, murmelte Margarete.

»Ihr glaubt ja alle, ich bin bescheuert.«

Zorn flammte in der alten Frau auf. Ihre grauen Augen starrten groß und wütend in den Rücken der schlanken Frau, die in ihrem bunten Sommerkleid eine Gurke schälte. Margarete griff sich in die Haare und zog daran. Es tat weh, doch sie unterdrückte ein Stöhnen. Ein dünnes weißes Haarbüschel war von ihrer Faust umschlossen und die Haare ragten oben und unten heraus. Sie blickte es an und war verwirrt.

»Frau Bergmann, nicht.« Die Frau ließ alles liegen, wischte sich die Hände mit einem Geschirrtuch ab und trat zu Margarete. Behutsam nahm sie die geschlossene Faust in ihre Hände und streichelte sie.

»Lass' das.«, sagte Margarete schwach, doch sie genoss die zarte Berührung der jungen Frau. Sie war bestimmt, aber nicht grob. Margarete spürte, wie sich ihre Spannung löste und ihre Faust sich öffnete.

»Thomas ist tot.«, murmelte die alte Frau mit dem schütteren weißen Haar und den grauen traurigen Augen und begann zu weinen.

XV

HELENA

Helena nahm eine alte braune Wolldecke, die am Ende des Sofas lag und legte sie vorsichtig über den Körper von Frau Bergmann. Die alte Dame öffnete immer wieder kurz ihre eisblauen Augen und sah sie skeptisch an. Helena blieb am Fußende stehen und wartete. Der karg eingerichtete Raum zählte kaum Bilder an den Wänden. Auch entdeckte Helena nur eine Fotografie in einem bleichen Rahmen auf dem Fensterbrett stehend. Ob es hier früher anders aussah, fragte sie sich, denn sie konnte sich nicht vorstellen, dass man sich hier wohl fühlen konnte. Die hellbraune große Schrankwand erstreckte sich gegenüber der Tür bis hin zum Fenster. Dann gab es noch die Couch und einen kleinen Sessel, die auf den Fernseher gerichtet waren, welcher selbst auf einer kleinen grauen Kommode stand. Mehr gab es nicht.

Als Frau Bergmann eingeschlafen war, ging Helena zurück in die Küche. Wie immer schrieb sie der alten Dame noch einen Zettel und räumte die letzten Teller und Töpfe weg, bevor sie ging. Dann zog sie leise die Tür hinter sich zu und stieg langsam die alten abgetretenen Holztreppen hinab, während sie nach ihrem Rucksack tastete. Sie genoss die Kühle in den Fluren, die durch eine schwere Eichentür im Inneren des Hauses gehalten wurde. Die Luft wurde knapp, fühlte sie.

Auf die Schwüle und den Lärm, die sie vor dieser schweren Eichentür erwartete, war sie irgendwie nicht vorbereitet. Ihr Kreislauf machte sich sofort bemerkbar. Leute stoben ungeduldig an ihr vorbei und sie glaubte auch ein paar abschätzige Worte in ihre Richtung gehört zu haben, was sie denn da so blöd auf der Mitte des Gehweges herumstand. Doch Helena hatte gerade nur Mühe und Gedanken dafür, sich auf den Beinen zu halten. Das Wetter in diesem Sommer war ihrer idiopathischen Lungenfibrose nicht zuträglich. Schweiß lief ihr den Körper hinab. Kalter Schweiß.

Erst als der Schwindel und Nebel in ihrem Kopf etwas abgeebbt waren, ging sie los. Der Feierabendverkehr war laut. Ihr Trommelfell vibrierte. Heute war kein guter Tag. Abgesehen davon, dass sie die Arbeit mit Frau Bergmann heute als sehr anstrengend empfunden hatte, weil sie sich nicht an sie erinnern konnte, ging es ihr heute wirklich schlecht mit ihrer Krankheit. Natürlich wusste sie, dass ihre Psyche einen großen Teil dazu beitrug, da auch heute das Telefon wieder stumm geblieben war, aber sie gab ihr Bestes. Ihr Bestes, es anzunehmen, dass es einfach keinen Spender gab, der zu ihr passen wollte und deshalb das Telefon schwieg. Sie hatte sich ein kleines Prepaid-Handy gekauft, auf dem man sie erreichen konnte, denn auf ihrem eigentlichen Handy hatte sie kein Klingeln mehr ertragen können, weil sie immer diese verdammte Hoffnung hatte, dass es die Klinik war. Doch dieses Prepaid-Handy war stumm. Sie hatte es seit acht Monaten und es hatte noch nie ein Geräusch von sich gegeben. Außer wenn sie mit ihrem anderen Handy darauf angerufen hatte, um sich zu vergewissern, dass es funktionierte. Helena wischte sich den Schweiß mit dem Ärmel von der Stirn und musste kurz stehenbleiben. Ihr Atem war schnell und flach. Die Menschen strömten weiter durch die Straßen, gehetzt und mit gesenkten Köpfen. Radfahrer klingelten, Autos hupten. Helena wechselte die Straßenseite und suchte etwas Schatten unter einer Markise.

»Möchten sie ein Glas Wasser?«, fragte eine Frau plötzlich freundlich. Helena hatte nicht bemerkt, dass die Markise zu einem kleinen Café gehörte. Es zählte fünf runde Tische auf dem Gehsteig. Der Tisch direkt neben ihr war nicht besetzt.

»Ja, danke.«, murmelte sie und ließ sich auf dem Metallstuhl mit dem blauen Kissen nieder. Sie seufzte. Langsam hob sie den Blick und ließ ihn über das Treiben gleiten. Ihr wurde klar, dass sie ihren Pflegeberuf nicht mehr lange würde ausüben können. Nicht einmal die wenigen Stunden am Tag. Es strengte sie zu sehr an. Sie war müde und abgeschlagen. So müde, dass ihr immer wieder die Augen zufielen. Sie griff nach ihrem Rucksack, bettete ihn auf ihrem Schoß, öffnete ihn und fuhr mit der Hand ins Innere. Die Nasensonde lag eingerollt auf der kühlen Flasche. Sie zog den Plastikschlauch heraus und legte ihn an, bevor sie die Flasche entsperrte und tief einatmete.

Die Kellnerin mit dem roten dichten Haar brachte ein stilles Wasser.

»Geht es ihnen gut?«, fragte sie etwas besorgt.

»Nein.«, antwortete Helena matt und lächelte schief.

»Aber es geht gleich wieder, danke.«, schob sie noch schnell hinterher. Die Kellnerin nickte kurz und ließ sie allein. Während sie mit Mühe die Flasche abdrehte, brummte ihr Handy. Gedankenverloren kramte sie in ihrem Rucksack, zog es heraus und sah, dass das Display schwarz war. Doch es brummte noch immer. Bevor die Gedanken klarer wurden, hatte sie die Hand erneut in die Tasche geschoben und das Prepaid-Handy mit dem leuchtenden Display herausgeholt.

»Ja?«, rief sie und riss sich die Nasensonde herunter.

Die Worte drangen aus dem Lautsprecher des kleinen schwarzen Gerätes in ihr Ohr, in ihren Körper, in ihr Herz und schließlich in ihr Bewusstsein. Sie hatten einen Spender gefunden. Eine Welle von Leben durchflutete sie. Das Blut schoss ihr in die Wangen, ihr Atem wurde kräftiger und in ihre Augen legte sich ein Strahlen, was sie nicht zu begreifen vermochte. Und erst als das Telefonat beendet war und sie das Handy in den Schoß sinken ließ, stellte sie fest, dass sie in die Augen eines Mannes blickte. In die Augen eines hübschen Mannes. Helena lächelte. Das erste Mal seit einer sehr langen Zeit.

XVI

JONAS

Jonas küsste ihren Schopf, löste sich aus der Umarmung und schwang die Beine aus ihrem Bett. Das Schlafzimmer glich einem Bild aus einem Einrichtungskatalog. Alles war miteinander abgestimmt, hell und schlicht mit einem Hauch von Eleganz. Aber es war auch eigenartig still. Schnell stieg er in seine Shorts und stand auf. So etwas hatte er noch nicht erlebt. Noch nie hatte ihn eine Frau so angesehen. Er konnte es nicht fassen. Völlig frustriert war er auf dem Heimweg gewesen und hatte fieberhaft überlegt, wie er den Abend überstehen sollte und dann hatte da diese Frau in dem bunten Sommerkleid in diesem Café unter der Markise gesessen. Sie hatte ihn angestrahlt, als ob er der Inbegriff von Glück sei. Er konnte sich nicht erinnern, wann ihn seine Frau das letzte Mal so angeblickt hatte. Hatte sie das je? Schüchtern lächelte er die dünne nackte Frau in dem fremden Bett an und ging ins Bad. Es roch nach Desinfektionsmittel und Krankenhaus. Mit schnellen Griffen wusch er sich den Hals und das Gesicht, bevor er wieder heraustrat, Helena kurz zunickte und zur

Tür hinauseilte. Sie hatte es ihm gleich gesagt. Nur Sex. Einmal. Und ja keine Abschiedszeremonie.

Und das war in Ordnung für ihn. Sie war eigentlich nicht sein Typ, doch dieses Lächeln in den Augen hatte ihn umgehauen. Nein, es hatte ihm wieder Leben eingehaucht. Hatte ihn aus seinem unglücklichen Leben herausgerissen und wachgeküsst.

Er trat auf die Straße. Das Abendrot am Horizont zwischen den Häusern war überwältigend. Es gab ihm einen kleinen Stich. Wie lange hatte er den Kopf nicht mehr gehoben und dieses atemberaubende Schauspiel der Natur genossen, weil er blind von einem Ort zum nächsten gehetzt war. Der Sommer hatte seinen Zenit erreicht, nicht mehr lange würde er dieses Rot um diese Zeit genießen können. Gedankenverloren sah er auf seine Uhr! Es durchfuhr ihn wie ein Blitz und er brauchte nicht auf sein Handy zu schauen, um zu wissen, dass es keine Ausreden gab. Er begann zu laufen. Zu rennen. Als ob es etwas besser machen würde. Zu rennen, als ob es überhaupt eine Entschuldigung geben könnte. Doch die gab es nicht. Gab es nie. Er konnte es ihr einfach nicht recht machen. Steffi war nur einigermaßen ausgeglichen, wenn sie schwanger war. Doch sollte das ewig so weitergehen? Inzwischen waren es vier Kinder. Als sie sich kennengelernt hatten, war nicht abzusehen gewesen, was sich hinter den Augen der offenen, lustigen Frau verbarg.

»Sie wird schneller schwanger als du ein Fahrrad kaufen kannst.«, hatte ihm seine Großmutter prophezeit und nachdem er sie ausgelacht hatte, hatte drei Wochen später ein positiver Schwangerschaftstest auf seinem Kopfkissen gelegen. Und er hatte keine Kraft gehabt, zu gehen. Er wusste nicht warum. Obwohl er von Anfang an gespürt hatte, dass sie nicht ‚die' Frau für ihn war.

Mit jedem Meter, den Jonas seiner Wohnung näher kann, versackte die Lebendigkeit, die er noch vor 20 Minuten mit Helena verspürt hatte, immer mehr im Nichts. Seine Schritte wurden langsamer. Das Rot des Himmels war von der Nacht verschluckt worden, als er vor seinem Haus stand und in die beleuchteten Fenster im dritten Stock blickte. Seine Beine waren ihm plötzlich schwer wie Blei. Keinen Meter wollte er weitergehen. Alles in ihm wehrte sich, den Blick wieder zu senken und den Schlüssel aus der Tasche zu ziehen. Und ihm wurde klar, dass er das alles keinen weiteren Tag ertragen konnte. Kopfschüttelnd und mit letzter Kraft stieß er die Tür auf.

»Du willst mich mit vier Kindern hier sitzen lassen?«, brüllte Steffi. Ihre sonst braunen Augen waren fast schwarz und voller Hass. Normalerweise zuckte Jonas zurück, wenn er diesen Ausdruck in ihren Augen sah, doch heute nicht. Sie standen in der Küche vor dem Fenster, in welches er eben noch hinaufgeblickt hatte. Alle Lampen brannten, der Kronleuchter an der Decke, genauso wie das Licht im Dunstabzug. Jonas hasste es, dass Steffi so verschwenderisch mit Strom umging, doch heute sagte er nichts. Stattdessen entgegnete er

»Ich möchte mich von dir trennen, aber nicht von den Kindern.«

Seine Stimme war ruhig, doch er spürte sofort, dass die Worte ein Fehler waren.

»Wie heißt die Schlampe?«, keifte sie und mit jedem Wort überschlug sich ihre Stimme mehr.

»Es gibt keine andere.«, erwiderte Jonas, doch Steffi kannte ihn zu gut. Er war ein lausiger Lügner.

»Du dreckiger Bastard!«, schrie sie wie von Sinnen. Ihr Körper bebte. Instinktiv wich Jonas einen Schritt zurück.

»Es war nur einmal und es hatte nichts zu bedeuten. Vor allem hat es nichts mit dem zwischen uns hier zu tun. Dieses Gespräch schieben wir seit Jahren vor uns her.«

Jonas war von sich selbst überrascht, wie klar und gefasst er die Dinge ausformulieren konnte. Bisher hatte er in jedem Streit immer den Kürzeren gezogen, weil es ihm schlecht gelang, seine Gedanken zu äußern, wenn Steffi laut wurde. Doch heute nicht.

»Du betrügst mich schon seit Jahren?!«

Diese missverstandene Information ließ Steffi wanken. Jonas sah einen Schmerz in ihren Augen, der ihm leid tat.

»Natürlich nicht.«, sagte er schnell.

»Es war nur einmal. Heute.«

»Heute…«, wiederholte sie und eine eigenartige Stille breitete sich im Raum aus. Der Geschirrspüler klickte auf ‚End‘ und das ewige Brummen des Kühlschrankes verstummte. Alles im selben Augenblick.

Jonas sah, wie sich ihre Augen verengten. Er schnappte nach Luft.

»Du betrügst mich seit Jahren und kommst nachts halb elf hier in diese Wohnung, um mir zu sagen, dass du sie gerade gefickt hast?!«

Steffi sagte es so bestimmt und schneidend, dass etwas in ihm erstarrte und er Mühe hatte, dem Glas auszuweichen, welches sie nach ihm warf. Doch sie verfehlte ihn und es zersprang am Türrahmen in tausend Teile. Jonas drehte sich um und da stand Rafael. Der sechsjährige Junge rührte sich nicht. Seine großen braunen Augen waren weit geöffnet. Das Glas war eine Handbreit neben ihm am Holz zersprungen. Rafael sagte kein Wort. Die Scherben lagen um seine kleinen nackten Kinderfüße. Jonas hob ihn hoch, schüttelte ihn ein wenig, um sich zu vergewissern, dass sich keine Scherben in seinem Schlafanzug verfangen hatten, und trug ihn ins Bett.

»Es tut mir leid.«, flüsterte Jonas leise, während er seinen blonden Schopf küsste. Dann löschte er das Licht, trat aus der Tür, ging aus der Wohnungstür, trat aus der Haustür, und ging links die Straße hinab.

XVII

STEFFI

Steffi saß in der Küche und rauchte. Die Kinder schliefen. Zumindest hoffte sie das, während ihre Augen den hellbraunen Holzrahmen der Tür fixierten. Das Glas war mit voller Wucht zersprungen und hatte eindeutige Spuren hinterlassen. Auf der Höhe von 1,30 m. Auf Höhe des Kopfes ihres Kindes. Ihres Sohnes. Sie war so blind vor Zorn gewesen, dass sie nicht mitbekommen hatte, dass Rafael in der Tür gestanden hatte. Obwohl sie ihn hätte sehen müssen.

Sie nahm einen tiefen Zug und lehnte sich zurück. Der Rauch drang aus ihrer Kehle und aus der brennenden Zigarettenspitze, um sie darin einzuhüllen. Sie sah sich durch den grauen Schleier in der Küche um. Das Geschirr von den Kindern lag noch in der Spüle und sie wusste, dass sie es heute nicht mehr abwaschen würde. Auch den Rest würde sie heute nicht mehr machen. Weder den Müll rausbringen noch den Tisch abwischen oder sogar den Boden fegen. Nichts davon. Es gab keinen Grund es zu tun. Sie seufzte. Jonas war nicht wieder gekommen nach dem Streit. Das war jetzt neunundzwanzig Tage her.

Neunundzwanzig Tage, an denen sie die Fragen der Kinder nicht beantworten konnte. Sie wusste weder, wo er war, noch ob er je wiederkommen würde. Die ersten Tage hatte sie in einem fürchterlichen Zorn gelebt, war zum Zerreißen angespannt gewesen.

Die Kinder, ihre Kollegen und ihre Freunde hatte sie angeblafft, wenn das Gespräch auch nur ansatzweise auf Jonas kam. Denn es war nicht nur die Kränkung, verlassen worden zu sein, sondern auch Unverständnis. Ihr war es völlig rätselhaft, wieso er sich überhaupt so anstellte. Alles hatte sie für ihn gemacht, ihn hin und wieder richtig gut befriedigt und ihm mehr Freiheiten gelassen als andere Frauen ihren Männern. Und trotzdem hatte er sich immer wieder gegen ihre Wünsche aufgelehnt. Sie verstand es wirklich nicht, denn sie hatte alles investiert und gemacht und er tat schon immer nur das, was er wollte. Außer wenn sie schwanger war. Dann war er fast jeden Abend zu Hause, hielt sich endlich an ihre Vereinbarungen und erfüllte ihre Wünsche, ohne zu fordern.

Die Küche lag inzwischen in einem komplett grauen Dunst. Die Fenster waren verschlossen, da die Nächte kalt waren, die grauen Fäden konnten nicht abziehen. Ihr Handy brummte.

»Und, ist der wieder da?«, las sie auf dem Display. Merle. Ihre beste Freundin.

»Nein.«

»So ein Penner.«

»Ja.«

»Hat er Geld überwiesen?«

»Ja.«

»Wenigsten was.«

»mhmmm«

»Soll ich rüberkommen, Süße?«

»Nein.«

»Melde dich«

»o.k.«

Steffi schaltete die Vibration auf stumm und öffnete eine Flasche Rotwein.

Es war ein guter Jahrgang, hatte Jonas gesagt. Aber sie hatte vergessen, warum. Sie hatte weder eine Vorliebe noch ein nennenswertes Wissen über Weine. Doch heute erfüllte es seinen Zweck. Ihr Hirn war vernebelt und der Schmerz würde erst in ein paar Stunden zurückkkehren.

Wie leer sie sich ohne ihn fühlte. Und einsam. Deswegen hatte sie ihm auch fast alles erlaubt und durchgehen lassen. Viel mehr als es andere Frauen tun würden. Trotz der vielen Kinder durfte er seinen Feierabendbierchen haben und zweimal die Woche mit seinen Jungs losziehen. Welcher Mann durfte das schon? Sie kannte keinen in ihrem Freundeskreis. Und verdammt noch mal, dieser Mistkerl wusste das überhaupt nicht zu schätzen. Permanent hatte sie seinen Widerstand gegen alles, was sie gesagt und getan hatte, gespürt. Sie tat doch wirklich alles für ihn und das war nun der Dank.

Nachdem sie sich ein weiteres Glas eingeschenkt hatte, schob sie die Weinflasche zu der anderen Leeren auf die Mitte des Tisches, so dass das Glas kurz klirrte, als sie sich berührten.

Dann nahm sie ihr Handy wieder in die Hand und tippte

»Hallo Werner. Lange nichts gehört. Denk gerade an dich.«

Wenn sie jemand wieder aufbauen konnte, dann er. Er stand schon so lange auf sie und fand immer die richtigen Worte, damit es ihr besser ging.

»Hey. Alles gut?«, schrieb er und in Steffi machte sich ein komisches Gefühl breit. Normalerweise war schon immer in der ersten SMS ein Kompliment versteckt gewesen.

»Soweit. Vermisse unsere alten Zeiten.«, versuchte sie ihn zu locken. Es hatte da diesen einen intensiven Abend gegeben. Als er sich in sie verliebt hatte, da hatte sie es deutlich gespürt und sie hatte ihn mit einem Fastkuss stehengelassen, weil das das Gefühl besser schürt. Und sie hatte Recht behalten, seit 15 Jahren war er in sie verliebt.

»Ja, wir sind alt geworden… Lach.«, schrieb Werner.

Was machte er da? In Steffi schrillten alle Alarmglocken. Sie fühlte, wie ihr Felle davonschwammen, auch wenn sie nicht sagen konnte, warum. Man hätte natürlich denken können, dass das ein ganz normaler Chat war, wenn man länger nichts voneinander gehört hatte, doch sie spürte einfach, dass da eine ganze andere, eine neue Distanz war. Die hatte sie noch nie zuvor zwischen ihnen wahrgenommen. Also setzte sie alles auf eine Karte und schrieb

»Ich habe mich von Jonas getrennt.«

»Oh«

Pause. Steffi trank ihr Glas in einem Zug leer, so sauer war sie über seine Reaktion.

»Das tut mir leid.«, schrieb er weiter. Doch mehr nicht. Steffi blieb noch drei Minuten online und als er dann immer noch nichts weiter geschrieben hatte, blieb ihr nichts anderes übrig. Sie tippte

»Wollen wir uns mal wieder treffen. Wir haben uns so furchtbar lange nicht gesehen. Es ist schon eine Weile schwierig gewesen, ich hatte keinen Kopf für etwas anderes. Und vier Kinder, du weißt ja, da ist man abends völlig durch. Aber ich mach's wieder gut, versprochen :)«

Es fiel ihr einigermaßen schwer den Text abzuschicken. Sie war es nicht gewohnt, dass sie aktiv werden musste.

»Ich melde mich, wenn ich in den Kalender geschaut habe. Versprochen«, schrieb Werner und dann war er offline.

Steffi war gleichermaßen entsetzt und gekränkt. Sie goss sich ein weiteres Glas ein und als sie sich etwas beruhigt hatte, scrollte sie durch ihr Handy und schrieb Erik. Der war schon seit fünf Jahren in sie verliebt.

XVIII

WERNER

Werner legte das Handy weg und zog Tine in seine Arme. Sein Herz schlug ihm unruhig gegen die Brust. Und es war ihm warm. Diese dicke Daunendecke, die Tine angeschleppt hatte, war viel zu heiß, wenn sie beide darunter lagen, doch ihr schien es gerade angenehm zu sein. Also schob er seinen linken Fuß hervor und ließ ihn aus dem Bett hängen. Es war sehr eigenartig, dass er nach all der Zeit noch immer ein Ziehen in der Brust verspürte, wenn Steffi sich bei ihm meldete. Er war so lange hoffnungslos verliebt in sie gewesen. Da war kein Raum gewesen für Flirts, Sex oder gar Gefühle. Und das, obwohl er sie noch nie geküsst, geschweige denn mit ihr geschlafen hatte. Sie war perfekt in der Manipulation. Gab einem das Gefühl, der Mittelpunkt der Welt zu sein und kombinierte das mit subtilen Sätzen, die Hoffnung implizierten, dass sie vielleicht eine Chance auf etwas Gemeinsames hätten. Aber es war nur Manipulation. Das wusste er jetzt. Nach 3700 Euro und knapp zwei Jahren Therapie und drei Therapeutenwechseln. Zumindest hatte er erkannt, warum er es nicht hatte wahrhaben wollen, dass sie ihn nur hingehalten hatte. Und seitdem hatte er das Gefühl, die Wahl zu haben, ob er das so weiterleben wollte oder nicht. Und das wollte er definitiv nicht.

»War das Steffi?«, fragte Tine und streichelte ihm über die nackte Brust.

»Merkt man das?«, entgegnete er leise.

»Kaum.«, kicherte sie. Er hatte ihr von Anfang an die Wahrheit gesagt und keine Details ausgelassen. Wie auch sonst hätte er erklären sollen, dass er über ein Jahrzehnt keine Beziehung geführt hatte. So etwas machen nur Nerds oder Serienmörder. Und er war keines von Beiden. Nur ein Liebeskranker. Auch nicht viel besser, aber Tine sollte wissen, worauf sie sich einließ, denn er hatte schon so viel Zeit verschwendet, dass es ihn immer wieder schüttelte.

»Sie will mich treffen.«, murmelte er, während er durch Tines braunes Haar fuhr. Es fühlte sich himmlisch an. Es war seidig und schimmerte.

»Vielleicht solltest du das tun.«, sagte sie und Werner spürte, dass sie die Augen geschlossen hatte. Sie genoss jede Berührung und Liebkosung so sehr von ihm, dass ihm manchmal beinahe das Herz vor Liebe zersprang.

»Wieso?«

»Um den Mythos endgültig begraben zu können.«, flüsterte sie, die Augen noch immer geschlossen.

»Mythos. Wie das klingt.«

Werner schloss die Augen und kraulte Tine weiter den Kopf.

»Und was, wenn es nicht funktioniert und ich wieder von vorne anfange? 3700 Euro ist eine Menge Holz.«, sagte er grinsend.

Tine rollte sich aus seinem Arm, blieb auf dem Bauch liegen und stützte sich auf die Unterarme. Werner öffnete die Augen und sah sie an.

»Und du wärest nicht eifersüchtig?«, neckte er sie. Er wusste, dass sie Recht hatte und er sich mit Steffi treffen sollte.

»Eifersüchtig? Auf einen Fastkuss?«, lachte Tine.

»Touché.«, sagte er, griff nach ihr, zog sie auf sich und liebte sie.

In einiger Entfernung stand er an einem Laternenpfahl gelehnt und beobachtete das Café. Steffi war schon 30 Minuten zu spät, doch er wollte auf keinen Fall schon wieder mit einem leeren Glas verlassen am Tisch sitzen, wenn sie auftauchte. Das hatte er schon zu oft erlebt. Das letzte Mal vor zwei Jahren. Und drei Wochen später war es ihm in einer Therapiestunde wie Schuppen von den Augen gefallen. Er hätte sich die 3500 Euro bei den anderen sparen können. Aber da war er wohl noch nicht bereit gewesen. Und eben fragte er sich, ob er bereit für dieses Treffen war. Obwohl das nicht die richtigen Worte waren. Bereit war er schon, doch wollte er es?

Der Wind pfiff durch die breite Straße und er zog sich den Schal über den Mund. Es roch nach Winter, stellte er fest, obwohl es gerade Oktober war. Er blickte in den Himmel und sah die hellen und dunklen Wolken, die schnell über ihn hinweg glitten. Als er wieder zum Café blickte, sah er gerade noch, wie Steffi durch die Tür trat. Es dauerte eine Weile, bis er sie hinter der Scheibe an einem Tisch entdeckte. Leider war er zu weit weg, um ihre Mimik auszumachen. Nun musste er sich entscheiden. Wollte er mit ihr reden oder nicht. Gerade war sein Kopf leer. Hatte er heute Morgen noch alle Fragen parat gehabt, und all die Dinge, die er ihr sagen wollte, in klaren Sätzen ausformulieren können, war jetzt natürlich alles weg. Er spürte nur das Pochen in seiner Brust, nicht weniger intensiv als er erwartet hatte. Langsam setzte er sich in Bewegung und ging in das Café, wo die Kellnerin Steffi soeben einen Espresso hinstellte. Sie wirkte etwas nervös, stellte er fest. Eigenartig, das war sie noch nie gewesen, wenn er sich mit ihr getroffen hatte. Stets war sie die Königin gewesen, über alles erhaben. Gepaart mit dieser Leidenschaft war er völlig verrückt im Kopf geworden.

»Du bist spät.«, sagte sie lächelnd und stand auf.

»Du auch.«, grinste er. Unbeholfen umarmte er sie kurz, nahm sich den Schal vom Hals und zog die Jacke aus, bevor er sich setzte.

»Hast du draußen gewartet, bis ich komme?«, witzelte sie.

»Ja.«, sagte er ruhig und sah die Verwirrung, die in ihre Augen trat. Steffi sah nicht gut aus. Die braunen Augen lagen klein und unglücklich in ihren Höhlen und ihr Gesicht wirkte abgespannt und fahl.

»Ich wollte nicht wieder mit einem leeren Glas auf dich warten.«

Er sagte es ruhig und ohne Vorwurf, einfach geradeheraus. Er genoss es, sich inzwischen die Freiheit des ehrlichen Wortes erlauben zu können. Sein ganzes Leben hatte er auf jedes Wort geachtet, um nicht schräg anzukommen, um dem Gegenüber ein gutes Gefühl zu geben oder nur um den Frieden zu wahren. Damit war es aber genug. Und es war in Ordnung für ihn, dass nun eine betretene Stille eintrat, weil sich Steffi ertappt fühlte. Werner bestellte eine Mango Schorle.

»Wie geht es dir mit der Trennung?«, fragte er ehrlich mitfühlend.

»Naja, es musste sein.«, sagte sie bestimmt. Etwas zu bestimmt. Und durch die Art und Weise, wie sie es aussprach und betonte, begriff er, dass ihr Mann sie verlassen hatte, und nicht umgekehrt. Deswegen hatte sie sich auch wieder bei ihm gemeldet. Er ließ den Gedanken auf sich wirken und merkte, dass es ihm plötzlich nicht mehr wichtig war, ihr die Meinung zu sagen, ihr aufzuzeigen, was sie ihm angetan hatte. Also führte er mit ihr einen netten Smalltalk, bis sie sich wieder gefasst hatte. Es kostete ihn nichts, ihr hier, in diesem kleinen Lokal mit den hellblauen Wänden und den türkisfarbenen Stühlen, ein gutes Gefühl zu geben. Im Gegenteil. Er konnte es ihr geben, weil sie es brauchte und er nicht. Er fühlte sich ganz bei sich und merkte, wie frei und glücklich er sich fühlte. Tine hatte recht gehabt, es war gut, dass er sich mit ihr getroffen hatte.

Zwei Mango Schorlen später verlangte Werner nach der Rechnung. Und als er schon im Begriff war, nach seiner Jacke zu greifen, fragte Steffi plötzlich

»Du bist nicht mehr verliebt in mich, stimmt's?«

Und sie sagte es mit diesem eigenartigen Unterton, dass sie ihn wieder fast da hatte, dass er sich erklären und sie besänftigen wollte. Doch er sah es zu deutlich, als dass er in diese Falle tappte. Und mit dieser Klarheit, zog es nur ganz kurz in seinem Herz. Daher konnte er aufstehen, sich anziehen und lächelnd sagen

»Nein, ich bin nicht mehr verliebt in dich. Aber es hat mich 3700 Euro gekostet.«

Dann küsste er kurz die Wange der völlig perplexen Steffi und trat aus dem Café, wo er binnen von Sekunden komplett durchnässt war. Und es fühlte sich gut an.

XIX

TINE

Sie war unruhig. Wieder und wieder musste sie die Zahlen neu eingeben, denn sie konnte sich nicht konzentrieren. Der nach Feng-Shui eingerichtete Büroraum gab ihr keine Ruhe. Die warmen Farben flossen an den Wänden ineinander und klein Buddha saß in sich versunken auf einem Sockel, doch sie war heute immun gegen die sonst von dem Raum ausgehende Ruhe. Ihr Chef hatte allen in der Bank mit eigenem Büro ein Budget zur Verfügung gestellt, welches sie für die ‚Gestaltung des Arbeitsplatzes' komplett ausschöpfen durften. Spannenderweise waren die Quartalszahlen der Bank seitdem angestiegen.

Tine schob den Laptop und die Unterlagen an das Ende des Schreibtischs und bettete den Kopf auf ihre Unterarme. Werner traf sich gerade mit Steffi. Mit ‚der' Steffi. Tine seufzte laut. Nachdem sie den Linien des Parketts einige Minuten mit ihren Augen gefolgt war, schloss sie sie. Die Gefühle in ihrer Brust kannte Tine. Es waren die gleichen, die sie damals lange empfunden hat, als sie Werner kennengelernt hatte. Unsicherheit. Das Gefühl, dass ein Teil von ihm nicht bei ihr war, bei einer anderen, bei

Steffi war. Es schüttelte sie. Dieses Brennen in der Brust konnte sie kaum aushalten.

Es klopfte. Frank stand in der Tür. Der gutaussehende IT-ler aus dem fünften Stock grinste sie mit seinen rehbraunen Augen an. Sein blondes kurzes Haar war mit Gel akkurat nach hinten frisiert. Und sein Trainingszustand war wie immer sehr muskulös.

»Kaffee?«, fragte er knapp und lehnte sich lässig in den Türrahmen. Tine sah, wie sich seine Oberarmmuskulatur anspannte. Das Braun seiner Haut wölbte sich noch mehr unter dem Shirt. Sie musste lächeln. Das erste Lächeln an diesem Tag. Das Brennen wurde etwas schwächer in ihrem Herzen und sie wollte das furchtbare Gefühl nicht zurück.

»Yep.«, antwortete sie ebenso knapp, stand auf und trat an ihm vorbei in den Flur. Die grauen Bilderrahmen mit ihren bunten Fotografien zeigten ihr den Weg bis zur Mitarbeiterküche. Frank ging ihr hinterher. Es war ihr, als spüre sie seinen Atem im Nacken. Das erregte sie. Der Schmerz war plötzlich verschwunden. Sie sprachen kein Wort. In der Küche war niemand. Sie ging zu dem Vollautomaten und stellte eine Tasse darunter, die sie aus dem weißen Hängeschrank gegriffen hatte. Frank trat hinter sie. Ganz nah, ohne sie zu berühren. Er sagte nichts, flüsterte nichts, stand einfach nur hinter ihr und atmete ihr in den Nacken. Tines Körper bebte. Nein, er vibrierte. Der Kaffee floss unter schrecklichem Lärm langsam in die Tasse. Ausnahmsweise war sie froh um das Geräusch. Sie fürchtete, er könnte ihr Herz hämmern hören. Wild und leidenschaftlich. Der Automat verstummte. Nur noch das leise Surren der Neonröhren erfüllte den Raum. Frank fuhr mit der rechten Hand zwischen ihre Hüfte und ihren Arm und griff nach der Tasse. Kleine Blitze durchzuckten ihren Körper. Sie hob ihren Arm, damit er die Tasse zu sich nehmen konnte, doch er rührte sich nicht, schob sich sogar noch näher an sie, so dass sie seinen Schritt spürte. Auch er war erregt. Dann stellte er die Tasse neben den Kaffeeautomaten, griff nach ihrer Hand und zog sie sanft zurück in den Flur. Fahrstuhl. Untergeschoss. Die Türen glitten leise auf und Frank nahm sie an der Hand. Er schien zu wissen, wohin er wollte. Tine war noch nie hier unten gewesen. Sie war berauscht, konnte nicht klar denken. Lief ihm einfach hinterher. Die Wände hier unten waren kahl, die Böden aus Linoleum. Zielstrebig zog Frank sie durch die Flure, bis er plötzlich eine Klinke herunterdrückte und in einen Raum trat. Das Licht in dem Gang erhellte kurz das Innere. Regale drängten sich dicht, bis hoch unter die Decke, aneinander. Es roch nach Chlor und Essig. Ehe sie reagieren konnte, fiel die Tür ins Schloss und Frank drückte sie gegen das Holz. Seine Lippen pressten sich auf ihre, sie konnte ihn nicht sehen. Es war alles schwarz und so schloss sie die Augen und gab sich hin. Ließ ihn gewähren. Genoss sein Verlangen. Und sie genoss ihr Verlangen. Ihre Hände tasteten jeden einzelnen seiner Muskeln, ihre Lippen schmeckten seine leicht salzige Haut am Hals. Als seine Hände unter ihrem Rock verschwanden, merkte sie augenblicklich, wie sehr sie es wollte und wie sehr auch ihr Körper bereit war. Mit geschickten Händen öffnete sie seine Hose und sie fühlte, dass auch er bereit war. Der Rausch übermannte sie erneut und sie ließ sich von ihm nehmen, sich lieben. Im Dunklen. In einer Abstellkammer.

Wie klischeemäßig das war, kam ihr erst, als sie sich wieder hinaus in den Gang geschlichen hatten. Verlegen ging sie neben ihm her. Das erste Mal seit Frank in ihr Büro getreten war, dachte sie wieder an Werner. Das Brennen war nicht wiedergekommen. Auch jetzt nicht. Und sie war überrascht, dass sie kein schlechtes Gewissen hatte. Zumindest bis jetzt noch nicht. Sie erreichten unbemerkt den Fahrstuhl. Tine seufzte erleichtert. Frank drückte auf die ‚7' und zog sie dann zu sich in den Arm. Seine Lippen suchten wieder die ihren und zart schob er seine Zunge in ihren Mund. Es fühlte sich unglaublich an. Dann löste sie sich von ihm und strich sich mit der rechten Hand über den Rock, als sich die Fahrstuhltür öffnete.

Und da stand Werner. Mit einer roten Rose in der Hand. Daneben stand ihr Chef. Und die Stille der folgenden drei Sekunden erzählte die ganze Geschichte. Zwischen Frank und Tine und zwischen Tine und Werner. Und ihr Chef hörte zu. Obwohl kein einziges Wort zwischen ihnen fiel.

XX

RICHARD

Der Typ bumst die Baumgarter? Richard hatte Tine Baumgartner nur eingestellt, um selbst bei ihr landen zu können. Doch er war mit allen Annäherungsversuchen bei ihr gescheitert. Er hatte als Chef sogar ein Budget locker gemacht, um alle Büros der höher gestellten Mitarbeiter nach den individuellen Wünschen renovieren lassen zu können. Doch auch da war er knapp an einem Rendezvous vorbeigeschrammt. Tine hatte ihm Hoffnungen auf ein Date gemacht und nach ein paar Tagen kein Wort mehr darüber verloren. Und nun stand er hier und starrte in den Fahrstuhl. Tine Baumgartner war kreidebleich und schaute den Mann mit der Rose an, der dicht neben ihm stand. Der hatte Mühe, die Fassade zu wahren. Und der Typ im Fahrstuhl, ein IT-ler aus der fünften Etage, wusste Richard, versuchte teilnahmslos zu wirken. Aber er konnte das Grinsen in den Augen nicht verbergen. Richard war die Situation zu blöd. Er wollte es sich nicht eingestehen, doch er wusste, dass er dem IT-ler den Kopf abreißen wollte. Der Typ neben Richard war eine Lusche, der interessierte ihn nicht. Doch der arrogante Muskel-spacko langweilte ihn tierisch.

»Müssen sie auch in den siebten Stock?«, fragte Richard Frank eisig und trat einen Schritt beiseite, als Tine aus dem Fahrstuhl kam. Ihr Duft war betörend. Doch der Geruch von Sex mischte sich mit unter und Zorn flammte in ihm auf.

Er drückte auf die ‚2' und sah noch kurz im Spiegel, wie sich der Typ mit der Rose und Tine wortlos anblickten, bevor sich die Türen schlossen. Frank rührte sich nicht. Ihm war das Grinsen vergangen. Richard gewann wieder Oberwasser.

»Sie haben ihren Lippenstift schief aufgetragen.«, sagte Richard und blickte Frank scharf an. Der senkte nur den Blick und schwieg. Die zehn Sekunden, die der Fahrstuhl noch brauchte, um im zweiten Stock anzukommen waren lang. Still. Eisig. Leblos.

In dem Meeting konnte sich Richard nicht konzentrieren; es interessierten ihn heute weder die Boni noch die Quartalszahlen. Er war frustriert. An einem langen Glastisch saßen neun Männer aus dem Vorstand und eine Dame für das Protokoll. Es gab weder Wasser noch Kekse und die Männer saßen angespannt in ihren schwarzen Ledersesseln. Dann erhob sich einer von ihnen und nestelte am Beamer herum. Richard konnte sich kaum ruhig halten. Was hatte der, was er selbst nicht hatte? Der Typ hatte sicherlich keinen Porsche, hatte bestimmt keine Villa mit Pool und trotzdem ließ ihn Tine ran. Tine Baumgartner.

Er war sogar eine Zeit lang etwas verliebt gewesen. Er war fast verrückt geworden. In der Zeit hatte er nicht einmal den wöchentlich vereinbarten Sex von seiner Frau eingefordert. Drei Monate lang hatte er nachts wach gelegen, weil er solch eine Sehnsucht empfunden hatte. Es war auf einer Feier der Firma geschehen. In ihrem ersten Jahr. Er hatte sie beobachtet, wie sie Sahne auf ihren Kuchen hatte sprühen wollen und daneben gespritzt hatte. Der Schreck in ihren Augen und das darauffolgende Lachen von ihr, war ihm direkt ins Herz geschossen. Wollte er sie vorher nur einmal in sein Bett locken, war er nun plötzlich verliebt gewesen. Er hatte wirklich lange gebraucht zu begreifen, dass er bei ihr nicht landen konnte. Und er war froh, dass alle anderen Verehrer, und die waren nicht zu knapp vorhanden, auch abgewiesen wurden. Doch durch diese Situation eben am Fahrstuhl, kam das scheinbar Verdaute wieder hoch. Gefühle wie Sehnsucht und Eifersucht wechselten sich im Minutentakt ab und wollten einfach nicht abebben. Unruhig stand er auf und verließ das Meeting ohne ein Wort. Er spürte die zehn Augenpaare im Rücken, doch er drehte sich nicht um. Er ließ die Tür heftig ins Schloss fallen und atmete tief durch. Doch es wurde nicht besser. Also ging er zurück zum Fahrstuhl, fuhr ins Erdgeschoss und verließ die Bank. Es stürmte und war frisch. Autos schossen an ihm vorbei. Kinder kreischten. Busse hielten an und sammelten sie und ihre hilflosen Eltern ein. In der Ferne hörte er die Kehrmaschine, die ihm jeden Morgen um 7:30 Uhr vor der Tiefgarage entgegen kam.

Er holte eine Zigarette heraus und hockte sich auf einen der großen Ziersteine, die um den Eingang der Bank verteilt waren. Er hatte sie selbst herausgesucht, denn er hatte eine große Leidenschaft für Steine. Richard inhalierte tief und seufzte, denn in ihm war alles in Aufruhr. Er konnte mit diesen Gefühlen nichts anfangen. Da war ihm seine Frau in dem Moment lieber. Da war er sicher. Es gab keine komischen Gefühle, keine Eifersucht und er konnte ruhig schlafen.

Plötzlich sah er, wie der Typ mit der Rose aus der Bank kam. Mit schnellen Schritten. Steif wie ein Brett. Kurz darauf stürzte Tine aus der Tür und rannte ihm nach. Sie nahm Richard gar nicht wahr, so sehr schien sie von einer Panik erfasst zu sein.

»Werner!«, hörte Richard sie rufen. Werner. Was für ein Name. Dann beobachtete er, wie Tine ihn einholte, am Arm griff und zu sich drehte. Die Rose fiel zu Boden. Richard konnte nicht hören, was sie sprachen, er konnte nur sehen, wie sich der Typ mit der Hand das Gesicht vor dem starken Wind beschirmte und Tine eindringlich auf ihn einredete. Ihre Hände gestikulierten, wie er es sich bei den Italienern vorstellte. Sie schien völlig verzweifelt, doch war auch dies wieder ein Moment, wo er das Gefühl hatte, sie zu sehen, er konnte es nicht besser beschreiben, und das schoss ihm wieder genau ins Herz. Seine Brust zog sich zusammen. Es tat weh da drin. Hastig zog er ein letztes Mal an seiner Zigarette und ging eilig wieder zurück in die Bank. Er musste diese Gefühle abschütteln. Sie loswerden.

»Sie loswerden ...«, murmelte er, als er in den Fahrstuhl trat. Und als er da so stand und auf die Tastatur blickte, wusste er, dass er Tine nicht loswerden wollte. Aber seine Gefühle. Und der erste Schritt, um das zu schaffen, war, ein Element aus dem Spiel zu nehmen, welches der Auslöser für das ganze Schlamassel heute gewesen war. Also drückte er auf die Taste, wo groß und schwarz ,5' draufstand.

XXI

FRANK

O b es der Quickie jetzt wert war?«, fragte sein Kumpel Tom, als die Kellnerin ihnen ihr Weißbier brachte. Sie war freundlich und lautlos auf den Sohlen. Die akkurat gebundene Schürze ohne Flecken zeigte, wie ernst sie ihren Job nahm.

»Aber klar.«, grinste Frank und prostete ihm zu. Und ob es das wert gewesen war. Diese Braut war so krass heiß gewesen. Wie im Film. Er hatte sie einfach abgeschleppt. Sein 237ster Strich an der Wand. Sensationell. Er war immer noch ganz aus dem Häuschen.

»Was willst du jetzt machen? Du hast da doch super gut Geld bekommen.«

Frank sah seinen Freund an. Tom musste heute erst beim Friseur gewesen sein, dachte er kurz, das Weiß seiner Kopfhaut schimmerte durch die rasierten Seiten, obwohl sein Gesicht gut gebräunt war. Das Deckhaar war mit dem Fön zu einer Tolle geföhnt, wie bei Elvis.

»Das bekomme ich woanders auch.«, lächelte Frank und trommelte euphorisch mit den Fingern auf den Tisch. Er war noch immer berauscht. So viele Frauen hatte er schon im Bett gehabt, doch diese Begegnung war irgendwie anders gewesen. Davon abgesehen, dass sie kaum ein Wort gesprochen hatten und man trotzdem fast eine ganze Geschichte über die Begegnung mit ihr hätte schreiben können, war es anders gewesen als sonst. Die Mädels waren immer willig und leidenschaftlich, aber Tine war besonders. Und er konnte nicht sagen, was es war. Er kannte sich mit der Liebe nicht aus. Verliebt war er noch nie gewesen. Und wenn er die Geschichten seiner Freunde so hörte, brannte er auch nicht wirklich darauf. Beziehungen hörten sich nach Arbeit an und darauf hatte er keine Lust. Ihm war immer alles leicht vorgekommen, sein Intellekt hatte ihn durch die Schule und die Universität getragen, gepaart mit seiner Disziplin, waren ihm die Jobs nach dem Studium hinterhergeworfen worden. Die Frauen gingen leicht her und Glück an der Börse hatte er auch gehabt. Sein Loft machte echt was her.

»Hörst du mir zu?«, fragte Tom ärgerlich, stand auf und ging die Treppe zur Toilette hinab. Frank sah ihm nach und stellte fest, dass Tom zugenommen hatte. Die Hose hatte er weit über die Hüften gezogen, damit das Fett an den Seiten nicht herausquoll, doch es sah ziemlich lächerlich aus. Dann ließ er seinen Blick weiter durch den Raum schweifen, der in Mintfarben und Weiß gehalten wurde, was sich abwechselnd im Inventar und an den Wänden wiederfand. Er dachte kurz darüber nach, was sich der Innenarchitekt wohl dabei gedacht hatte, doch er fand keine zufriedenstellende Antwort. Als sich sein Blick mit dem der am Tresen stehenden Kellnerin traf, zwinkerte er ihr zu. Sie errötete und Frank stellte entsetzt fest, dass er gelangweilt war. Normalerweise fand er das Spiel spannend, eine Kellnerin klarzumachen, doch jetzt hatte er nur das Bedürfnis, zu verschwinden.

Und das tat er auch. Schwungvoll stand er auf, nahm Handy und Jacke von der Stuhllehne und ging ohne zu bezahlen so selbstverständlich aus dem Lokal, dass es Tom die Sprache verschlug, als der an den Tisch zurückkehrte.

Ziellos ging Frank die Straße entlang. Der Wind war stark und ließ die Baumkronen schwanken. Er zog den Reißverschluss bis nach oben durch, denn das Verschwinden der Sonne hinter den Wolken ließ die Stadt schnell abkühlen. Er war verwirrt und betört von seinen Gedanken und Gefühlen. Sollte das etwa jetzt dieses ‚Verliebtsein‘ sein, fragte er sich, während er in den Getränkemarkt auf der gegenüberliegenden Straßenseite von seinem Loft trat. Er musste über einige leere Kästen steigen, die unsortiert im Eingangsbereich standen. Der Rest des kleinen Geschäfts war ordentlich bis unter die Decke aufgeräumt und unzählige Weinkisten übereinandergestapelt. Er angelte sich den teuersten Rotwein aus dem Regal, warf dem Verkäufer einen Schein auf die Theke und war so schnell wieder draußen, wie er eingetreten war. Er blickte nach oben. Die Wolken ließen erste Tropfen fallen. Er erwischte sich bei dem Gedanken, dass er Tine gerade gern im Arm gehabt hätte, um den wunderschönen Anblick mit ihr erleben zu können. Das Grollen und Donnern da über ihm war in unerreichbarer Ferne, aber doch so nah, sodass er die Natur in seiner ganzen Eindrücklichkeit überall in sich fühlen konnte. Das hätte er tatsächlich gerne mit ihr geteilt. Eigenartig.

Er fischte seinen Schlüssel heraus und als er oben im Loft ankam, krachte es draußen so ohrenbetäubend, dass er kurz zusammenzuckte. Das Wasser ergoss sich über die Stadt und mit einem Glas Wein in der Hand genoss er den Anblick da unter ihm; sicher hinter der Glasfront, die sich über die gesamte Etage erstreckte. Das Krachen der Wolken und das Rauschen des Wassers durch die Abflussrinne übertönte das Klingeln. Frank hörte es erst, als jemand scheinbar die Taste nicht mehr loslassen wollte.

»Ich komme ja schon!«, brüllte er, obwohl er wusste, dass man auch ihn nicht hören würde.

Durch die Kamera sah er unten vor der Tür zwei Männer stehen und ein ungutes Gefühl machte sich in ihm breit. Er wusste, dass er nichts verbrochen hatte, doch was hieß das schon.

Mit, für seine Verhältnisse, unruhiger Hand öffnete er die Tür und die zwei Männer traten aus dem Fahrstuhl. Ihre Gesichter waren ausdruckslos.

»Herr Wiesner?«, fragten sie knapp, ohne ihm wirklich in die Augen zu blicken.

»Ja?«

Frank war unsicher. Er spürte, dass aus den Wolken über der Stadt auch Unheil über ihn hereinbrach.

»Wir würden Sie bitten uns zu begleiten. Es liegt ein dringender Tatverdacht wegen Betruges gegen sie vor.«

Der größere von Beiden sprach ruhig und aufgesetzt.

»Betrug?«, fragte Frank matt.

»Ja. Ihnen wird vorgeworfen, Millionenbeträge ihrer Bank unterschlagen zu haben.«

XXII

MAGDA

Das ist das dritte Mal diese Woche, dass mit dir irgendetwas schief geht.«

Mit in die Hüfte gestemmten Händen, musterte ihr Chef Magda. Sie wusste, dass es sinnlos war, denn sie las in seinen Augen, dass er sich entschieden hatte, doch sie sagte erneut

»Ich kann wirklich nichts dafür. Er ist einfach aus dem Lokal gegangen. Woher sollte ich wissen, dass sein Freund seine Rechnung nicht für ihn bezahlt?«

Ihre Hände begannen zu zittern. Es war Ende des Monats, das Jugendamt würde übermorgen zu ihr kommen und wenn sie erzählen müsste, dass sie ihren Job verloren hatte, wieder einmal, würden sie ihr Mischa endgültig wegnehmen.

»Warum hast du ihn nicht aufgehalten?«, fragte ihr Chef ärgerlich und wippte unruhig auf der Stelle hin und her.

»Hab' ich doch gesagt.«, flüsterte Magda, die nicht mehr wusste, was sie tun sollte. Das Büro ihres Chefs lag hinter der Küche des Cafés. Es roch furchtbar nach Essen und Zigaretten, und das Chaos hier lud nicht für angenehme

Gespräche ein. Das braune Holz des Schreibtischs konnte man nicht sehen. Unzählige Unterlagen, Akten und Kataloge lagen kreuz und quer darauf verteilt.

»Magda, ich kann mir nicht jeden Tag so einen Ärger leisten. Dafür bin ich viel zu beschäftigt. Es tut mir leid.«

Ihr Chef war um die 50 Jahre alt und scheute es nicht, sie mit seinen grünen Augen, die tief in ihren Höhlen lagen, anzublicken. Sie erkannte Schweißperlen auf seiner Stirn. Diese kamen sicher nicht von der Wärme.

»Kann ich noch bis nächsten Monat arbeiten?«

Magda merkte, dass in ihrer Stimme ein Flehen lag. Sie hasste sich dafür, dass sie bettelte, doch der Gedanke, dass sie Mischa verlieren könnte, ließ sie ihren Stolz vergessen. Es war wie mit der Moral. Moral und Stolz musste man sich leisten können. Und das konnte sie sich gerade nicht.

»Nein.«, sagte er leise und sie spürte, dass es ihm langsam unangenehm wurde. Er ging zu einem grauen Safe am Ende des Raumes, tippte Zahlen auf einer Tastatur und suchte ein kleines Geldbündel heraus.

»Ich gebe dir deinen Lohn in bar. Ich hoffe das ist okay.«

Er blickte sie kurz prüfend an und reichte ihr dann das Geld. Magda ließ die Schultern hängen, nachdem sie es in ihre Tasche geschoben hatte und wusste nicht, was sie noch sagen sollte. Er sagte auch nichts. So standen sie da. Stille. Nur das Ticken einer Kuckucksuhr. Sie wusste nicht, was sie fühlen und denken sollte. Ein Teil von ihr wollte wütend sein und mit dem Unterarm einmal über den Schreibtisch fegen, wie sie es in Filmen machten, doch ein anderer Teil wollte nur weinen und weit weg von hier sein. Die Sekunden waren quälend lang und als

Magda spürte, wie sich Tränen ihren Weg bahnten, drehte sie sich um, verließ das Büro, ging durch die verwaiste Küche und nahm den hinteren Ausgang. Der Koch Harald saß rauchend auf den Fersen an die Mülltonne gelehnt und blickte in sein Handy. Er nahm sie gar nicht wahr. Lautlos ging sie an ihm vorbei und trat auf die Straße. Es war schon dunkel. Die Straßen waren noch vom Regen durchnässt. Sie sah in den Himmel. Es gab keine Sterne. In Polen konnte man immer Sterne sehen. Zumindest erzählte ihr das ihre Erinnerung. Doch diese verblasste mit der Zeit immer mehr. Die Verzweiflung und der Kampf des Überlebens im Jetzt, in dieser Welt, in dieser Stadt, nahmen ihre warmen Erinnerungen und trugen sie fort. So weit fort, dass sie manchmal glaubte, sie kämen aus einem anderen Leben. Sie wusste, dass sie die Entscheidung nach Deutschland zu gehen, wieder getroffen hätte, denn sie hatte es in den ersten Jahren geschafft, so viel Geld nach Hause zu schicken, dass sie ihrer Mutter die notwendige Herzoperation hatte bezahlen können, doch dann war es irgendwie schief gegangen. Eine falsche Wahl hatte sie getroffen. Nur eine.

Magda beschloss nach Hause zu laufen. Sie musste nun schauen, dass sie keine drei Euro für den Luxus einer U-Bahn ausgab, nur weil ihr die Waden vom Arbeiten brannten. Sie blickte auf die Uhr und hoffte, dass Mischa schon schlafen würde. Er sollte ihre Tränen nicht sehen, die ihr nun ungehindert über die Wangen liefen. Und es wurden nicht weniger. Im Gegenteil. Mit jedem Schritt, mit jeder weiteren Straße, in die sie einbog, wurden sie mehr, denn sie fühlte, dass ein Unheil über ihr schwebte, das sie nicht mehr abwenden konnte.

Was würde sie denn tun, wenn man sie abschieben würde? Sie würde keine Medikamente mehr für Mischa kaufen können. Die brauchte er so sehr. Wie viele Untersuchungen hatte es benötigt, wie viele Ärzte und Psychiater. Sogar das Jugendamt hatte sich eingeschaltet, um zu beurteilen, ob es sich wohl um eine Kindeswohlgefährdung handelte. Damals hatte sie noch nicht viel davon verstanden. War blind hin und her gerannt, die Furcht und die Sorge um ihre Zukunft und das Leben von Mischa im Nacken. Und auch wenn die Kindeswohlgefährdung, wie sie es nannten, vom Tisch war, kam trotzdem hin und wieder ein Mitarbeiter vorbei und überprüfte, wie es Mischa erging und wie seine Lebensumstände waren.

Magda war seit Tagen sehr gestresst deswegen gewesen, denn sie musste Mischa zurzeit oft bei der Nachbarin abgeben. Und das wusste das Jugendamt. Sie verlangten, dass Mischa wie jedes kleine Kind in den Kindergarten ging, doch einen Platz für ihn fand sie nicht.

Als Magda die Straße zu ihrem Wohnhaus einbog, verstärkte sich das ungute Gefühl. Auf der Straße standen zwei Polizeiwagen mit lautlos blinkenden Sirenen. Sie beschleunigte ihren Schritt. Die Haustür stand offen. Magda begann zu rennen. Die Straße war menschenleer und triefte immer noch vor Wasser. Ohne an Tempo zu verlieren, rannte sie ins Haus und nahm zwei Stufen mit einem Sprung, bis sie den vierten Stock erreicht hatte. Die Tür ihrer Nachbarin war nur angelehnt. Sie keuchte. Leises aber intensives Gemurmel drang zu ihr ins Treppenhaus.

»Mischa?!«

Ihre Stimme klang panisch. Magda stieß die Tür auf und drang in die Wohnung. Vier Polizeibeamte standen im Halbkreis mit ihren schweren Stiefeln auf dem beigen Teppich vor Frau Wiegard. Alle Köpfe drehten sich zu Magda, als ihre Ankunft bemerkt wurde. Frau Wiegard hatte ihre Arme um sich selbst geschlungen und blickte sie durch einen Tränenschleier an. Ihr graues Haar war zerzaust und verlieh der älteren Dame einen bemitleidens-werten Ausdruck. Der Polizist mit dem Notizblock ergriff das Wort. Er war klein und dünn und seine schmalen, spitzen Lippen ließen ihn unsympathisch wirken.

Magda begriff zunächst gar nichts und erst nach einiger Zeit sickerte es langsam in ihr Bewusstsein. Mischa war weg. Und das schon seit Stunden.

»Habt ihr in unserer Wohnung nachgesehen?«, fragte sie plötzlich. Die Frage hatte nichts mit ihren Personalien zu tun, doch ihr war das Procedere, das Protokoll der Polizei, gerade egal, es ging um Mischa!

»Ich habe den Schlüssel verlegt.«, wimmerte Frau Wie-gard und ein erneuter Tränenschwall ergoss sich aus ihren Augen. Magda wandte sich ab und sprang die Treppen zu ihrer Wohnung hinab.

Und intuitiv steckte sie den Schlüssel leise ins Schloss, zog die Schuhe aus und lief lautlos ins Schlafzimmer. Und noch ehe sie das Zimmer erreicht hatte, beruhigte sich ihr Herzschlag. Instinktiv wusste sie plötzlich, dass alles gut war. Dass Mischa nicht in Gefahr war. Und tatsächlich, als sie in das Zimmer spähte, sah sie das Nachtlicht und ihr großes ausladendes Bett mit den vielen Kissen, zwischen denen Mischa tief und fest schlief.

XXIII

AGNES

Es zerriss ihr das Herz. Tränen drängten sich auf und es kostete sie fast alles, dass sie nicht einfach aus dem Wagen sprang und davonlief. Der Job setzte ihr immer mehr zu. Und sie konnte nicht sagen, warum. Wahrscheinlich, weil es immer öfter dazu kam, dass ihr Chef Entscheidungen traf, die sie anders getroffen hätte. Sie lenkte das Auto gemächlich durch die dunkle nasse Straße. Monsunartig hatte es heute Abend geregnet, während sie allein mit ihrem Tee auf der Couch gesessen und ein Buch gelesen hatte. Das hatte sie sich nicht vorstellen können, dass der Tag derartig anders zu Ende gehen würde, als die 109 Tage davor. Agnes blickte nach rechts. Die Laternen spendeten kaum Licht. Das zusammengesunkene Bündel Traurigkeit neben ihr konnte sie nur schemenhaft erkennen. Der Junge gab nur hin und wieder ein Schniefen von sich. Er weinte lautlos. Der Schmerz grub sich tiefer in Agnes Herz. Der Junge war noch nicht einmal in der Schule und saß hier, notdürftig aus dem Schlafanzug heraus, in Pullover und Hose hineingesteckt, zitternd und bebend neben ihr. Sie selbst hätte den Jungen niemals aus dem Schlaf gerissen. Sie wusste, sie würde seine weit aufgerissenen Augen nicht mehr vergessen können, als er ruppig von einem kleinen dünnen Polizisten aus dem Bett gezogen wurde. Es war ein junger ungeduldiger Bursche gewesen, dem jegliches Feingefühl fehlte.

Und nun sollte sie den Jungen zum Übergang zu Pflegeeltern bringen, um ihn danach weiter und weiter rumzuschieben. Den Gedanken konnte sie kaum ertragen. Vor allem, weil sie den Fall von Beginn an betreut hatte. Agnes hatte nie geglaubt, dass Mischa von seiner Mutter Schläge auf den Kopf bekommen hatte, doch sie hatten der Sache nachgehen müssen, weil sich ein behandelnder Arzt gemeldet hatte. Sie hatte die beiden erlebt. Sie waren ein Herz und eine Seele und Magda war eine gute Mutter. Solch eine Aufopferung für ein gemeinsames Leben in einem fremden Land hatte sie selten erlebt, und nun das. Früher waren diese Entscheidungen, die sie im Jugendamt treffen musste, an ihr abgeperlt. Es war für das Kindeswohl. Das ein oder andere Mal hatte sie aus dem Bauchgefühl heraus, für das ein oder andere Kind sehr einschneidende, Entscheidungen gefällt, und sie hatte immer dazu gestanden, doch seit zwei, drei Jahren war das anders. Sie hatte immer öfter Fälle mental mit nach Hause genommen und ihre sowieso schon angeknackste Ehe war endgültig zerbrochen, weil Henry das ‚Gejammere‘, wie er es nannte, nicht mehr ertragen hatte.

Danach hatte sie den Boden unter den Füßen verloren. Sie konnte drei Wochen keinen einzigen Meter vor die Tür gehen. Ein Therapeut hätte ihr wohl eine ‚Depression‘ diagnostiziert, doch sie wollte keinen Stempel und keine

Medikamente. Und sie wollte ihre Gefühle nicht unterdrücken, um wie ein Roboter durch die Welt zu gehen.

Doch es hatte lange gedauert. Sehr lange. Das Lachen war noch immer nicht in ihr Herz zurückgekehrt, aber es ging einigermaßen. Und sie hatte begriffen, dass Henry das Richtige getan hatte. Sie hätte ihn nicht glücklich machen können. Hatte sie auch nie wirklich. Das wusste sie tief in ihrem Herzen, doch hatte sie ihn nicht gehen lassen können. Sie hatte ihn so sehr gebraucht. Brauchte ihn heute noch. Sie hatte ihn gehen lassen, als er es wollte. Ohne ein böses Wort, ohne zu weinen. Denn dann wäre er geblieben. Doch das wollte sie nicht. Sie hatte ihm zu viele Jahre gestohlen.

Agnes hielt den Wagen an und spähte an Mischa vorbei durch die Scheibe. Das Haus von Frau Lange lag ruhig und friedlich im Dunklen. Schemenhaft konnte man die zwei Schaukeln im Garten entdecken, auf der Agnes schon hin und wieder auch glucksend, lachende Kinder herumtollen gesehen hatte. Wie oft hatte sie Kinder schon hierhergebracht. Und fast immer mit gutem Gewissen. Doch heute nicht. Heute war es völlig anders. Ihr Herz zog sich zusammen. Mischa gehörte nicht hierher. Er gehörte nicht zu Pflegeeltern, sondern zu seiner Mutter.

Mit schwerem Atem zog Agnes den Schlüssel aus der Zündung und hielt noch einmal kurz inne. Sie musste sich erst sammeln und wartete, bis die Übelkeit, die sie verspürte, wieder abebbte. Also starrte sie weiter aus dem Fenster, versuchte ruhig zu atmen und die aufkommenden Tränen wegzudrücken. Die Zeit in ihr stand still. Das leuchtende Display der Uhr über dem Radio sprang auf ein Uhr. Die Stille der Nacht, die sie sonst genoss, kam ihr heute kalt und unbarmherzig vor. Und als sie endlich den Mut hatte auszusteigen, legte sich eine kleine Hand auf ihren Oberschenkel. Agnes schossen sofort die Tränen in die Augen, so sehr fühlte sie diesen Buben. Und auch sich selbst. Mischa hatte weder den Blick gehoben, noch sagte er ein Wort, und doch verstand sie ihn. Und so tat sie das Einzige, was ihr richtig vorkam. Sie schob den Schlüssel wieder in die Zündung, startete den Wagen und nahm den Jungen mit zu sich nach Hause.

TEIL 2

DREI JAHRE SPÄTER

XXIII

AGNES

Der Herbst war gekommen. Man spürte es überall. Gelbes und braunes Laub fiel aus den Bäumen und bedeckte das ausgedörrte Gras. Es war ein sehr trockener Sommer gewesen. Mit ihrem Rollstuhl stand Agnes neben einer grünen Bank aus Metall. Sie war leer. Wie alle Bänke heute hier im Park. Es müsste inzwischen die ersten Noten des neuen Schuljahres gegeben haben, dachte sie bei sich und spürte den aufkommenden Schmerz deutlich. Obwohl sie seit drei Jahren nicht mehr im Jugendamt arbeitete, dachte sie noch immer in Ferien- und Schulzeiten. Hunderte Mündel hatte sie gehabt und es war wichtig gewesen zu wissen, in welchen Phasen des Jahres sie den ein oder anderen im Auge haben musste. Und dazu gehörte eindeutig die Zeit der ersten Noten. Sie zeigten ihr den Weg. Den Weg, wie das Jahr sich entwickeln würde bei Kindern, die massive familiäre Probleme hatten, oder ganz aus ihrem zuhause genommen worden waren. Und diese erste fremde Beurteilung ihres Selbst, beeinflusste sie sehr. Wie sie sich fühlen würden in der nächsten Zeit und wie sie motiviert sein würden, sich dem Leben zu stellen, welches für sie so schwierig war. Dann gab es noch die Weihnachtszeit und die Zeugnisse, die sich tückisch gestalteten. Und natürlich die großen Ferien. Eine Zeit, wo viele Kinder wochenlang mit ihren Familien in den Urlaub fuhren und sie zurückbleiben mussten. Ihnen blieb nur das Träumen. Und ihr selbst inzwischen auch.

Agnes schloss die Augen, legte den Kopf in den Nacken und fühlte die Wärme der Sonne. Die Vögel schienen schon in den Süden geflogen zu sein, sie hörte nichts, außer das Rascheln der trockenen Blätter in den Bäumen, wenn der Wind hindurch fuhr.

Wieder drängten sich ihr die Tränen auf. Sie konnte es nicht kontrollieren. Jeden Tag, wenn sie früh aufwachte, ihre leblosen Beine sah und die rechte leere Seite ihres Bettes, wollte sie sterben. Sie bereute keinen Tag, was sie damals für Magda und Mischa getan hatte. Doch die Konsequenzen waren so knallhart und unausweichlich gewesen, dass sie nie wieder hatte Fuß fassen können. Mit dem Autounfall vor zwei Jahren war ihr Schicksal dann besiegelt gewesen; sie würde sich nie wieder erheben und ihren Weg gehen können. Ihr Rückgrat war gebrochen. Verdient oder unverdient, darüber dachte sie nicht mehr nach. Sie hatte aufgehört, sich zu fragen, ob es gerecht war, dass Job und Beine verloren waren, weil sie doch ihr ganzes Leben lang Menschen geholfen hatte. Sie hatte verstanden, dass es keine Gerechtigkeit gab, dass man keine guten Taten in sein Leben einzahlen konnte, um Schicksalsschlägen zu entkommen. Es kam wie es kam und dann musste man damit klarkommen, oder auch nicht. Oder auch nicht. Dieses ‚oder auch nicht' tauchte inzwischen immer öfter in ihren Gedankenkreisen auf. Das Leben kam wie es kam, ja, aber was, wenn man es nicht annehmen wollte? Was geschehen war, war unumkehrbar und zwar zu einhundert Prozent. Sie würde nie wieder laufen können und nie wieder irgendein Vormund für irgendein Kind sein. Niemals. Unumkehrbar.

Agnes angelte sich umständlich ein Taschentuch aus ihrer Jackentasche und tupfte sich die Tränen weg. Dann deblockierte sie die Bremsen und quälte sich auf dem Schotterweg durch den Park. Die weiten Flächen mit den vereinzelten Baumgruppen waren wunderschön. Einzelne Beete mit verwelkten Blumen zierten die Wegränder und trennten die Anlage in viele Teile. Seit ihrem Unfall war sie nie wieder auf der anderen Seite des Parks gewesen. Sie wusste nicht, wie die Bedingungen da waren, ob die Wege mit dem Rollstuhl auch gut zu befahren waren und sie hätte niemanden gehabt, den sie hätte anrufen können, um nach Hilfe zu fragen, wenn sie steckenbleiben würde. Wahrscheinlich hätte sie sehr wohl einige Freunde von früher anrufen können, doch sie wollte es nicht. Niemals. Es sollte niemand sehen, was aus ihr geworden war.

Sie lenkte den Rollstuhl so gut es ging durch den Park und nach zehn Minuten hatte sie den See erreicht. Er war nicht groß, aber scheinbar gut tief. Auch hier waren die Parkbänke alle leer. Das abgewetzte Metall links und rechts von ihr glänzte in der Sonne. Hier war es fast totenstill. Der Wind gab keinen Stoß mehr von sich und die nächsten Autos waren einige hundert Meter weit weg. Es war ihr, als wäre sie ganz allein auf der Welt. Sie blickte nach links und rechts durch die Bäume und die Hügel hinauf, doch da war niemand. Nur sie war hier, allein, die Augen voller Tränen. Man nahm das Los des Schicksals an oder nicht, kam es ihr wieder in den Sinn. Die Stille der Natur und die Stille der Welt um sie herum, machten ihr plötzlich Angst. Irgendwie war es ihr plötzlich gleich, ob sie lebte oder ob sie tot war. Und eigentlich war's ja auch wieder nicht egal. Sie wusste es schon lange, doch sie hatte es sich nicht eingestehen können. Hatte es nicht gewagt laut zu denken. Aber sie wusste, dass sie nicht mehr leben wollte. Agnes blickte sich um. Dann entsperrte sie die Bremsen erneut und fuhr auf den See zu. Noch einmal warf sie den Kopf in den Nacken, spürte die Sonne auf dem Gesicht, atmete Leben und dann spürte sie Wasser.

XXII

MAGDA

Rufe den Krankenwagen, wie ich es dir beigebracht habe.«, sagte Magda rasch, entsperrte ihr Handy, drückte es Mischa in die Hand und sah ihm kurz in die Augen.

»Westpark, am Ring, auf der Laimseite, am See.«, ergänzte sie und zog sich ihren Mantel aus, während sie loslief. Magda hatte die Frau im Rollstuhl aus der Ferne gesehen und ihr Magen hatte rebelliert. Wie immer, wenn sie ein ungutes Gefühl hatte. Auch wenn die Frau weit weg, unten am See gewesen war, hatte sie es bis zu sich, den Hügel hinauf gespürt, dass da etwas nicht stimmte. Es war eigenartig. Es hatte sich so angefühlt, als ob da unten die Zeit stillgestanden hatte. Kein Vogel in der Luft, kein Blätterwiegen im Wind oder eine Ente auf dem Wasser. Nur diese Frau, die mit dem Rücken zu ihr, in ihrem Rollstuhl am Ufer gestanden hatte. Magda rannte so schnell sie konnte. Der Boden, das Gras, war weich aber trocken. Mit festen Schritten hatte sie einen guten Halt und konnte mit ihren langen Beinen den Abstand zwischen ihr und dem See schnell verringern. Sie blinzelte.

Die Sonne sah stumm auf sie herab, rührte sich nicht und tauchte mit ihrem Licht dieses Stück Leben so weit unter ihr in eine warme Farbe, die den Ausblick fast malerisch machte. Absurd. Magda spürte nichts, nur ein Rauschen in den Ohren. Weder hörte sie ihren Atem, noch nahm sie das Stechen in ihrem kaputten Knie wahr. Es gab nur die Bewegungen, die sie vom Hügel zum Wasser brachten. Als sie den See erreichte, setzte sie, ohne abzubremsen an, sprang ins Wasser, rang nach Luft, da sie die Kälte des Wassers erschütterte, und zog dann an dem schweren, nassen Körper.

Sie brachte den Kopf der Frau in die Luft und während sie versuchte, die Frau ans Ufer zu ziehen, drang in Magda der Schreck des Erkennens. Sie hatte Mühe sie nicht loszulassen, so sehr ging es ihr durch Mark und Bein, Agnes hier so zu sehen.

Der abgeteilte Raum mit den vielen Geräten war bedrückend. Magda hatte Mischa zum Sport gebracht und war dann gleich hergefahren. Sie hatte kein gutes Gefühl, den Jungen mit der Situation allein zu lassen, aber er hatte darum gebeten. Kinder schienen mit solchen Dingen anders umzugehen als Erwachsene, dachte sie nicht zum ersten Mal und blickte auf dem Monitor, wo die Linie des EKGs entlanglief. Sinusrhythmus. Agnes Herz schlug ruhig und gleichmäßig. Ihre Augen waren geschlossen und sie öffnete sie auch nicht, als die Blutdruckmanschette an ihrem Oberarm ansprang. Ihr fast weißes halblanges Haar umrahmte das blasse knochige Gesicht mit den tiefen

Furchen und glich beinahe dem Stoff des Kopfkissens. Sie sah friedlich aus, trotz der Infusionen und Kabeln.

Magda war noch immer fassungslos. Sie wusste zwar, dass Agnes ihren Job verloren hatte, nachdem aufgeflogen war, dass Mischa nie in der Pflegefamilie angekommen war und er viele Wochen bei Agnes selbst gewohnt hatte; doch, dass sie im Rollstuhl saß und lebensmüde Gedanken hatte, das hätte sie sich nie träumen lassen. Diese Frau war ihr immer so stark vorgekommen. Sie hatte ein gutes Herz. Sie hatte gegen jede Regel, die es gab, verstoßen, nur um ihr und Mischa helfen zu können. Monatelang hatte Agnes Berichte gefälscht und ihr den Rücken freigehalten, dass sie alles regeln konnte, was nötig war.

Magda hatte einen Job bei einem privaten Reinigungsunternehmen bekommen. Auch diesen Kontakt hatte Agnes hergestellt. Magda hatte Tag und Nacht gearbeitet, sich immer um Mischa gekümmert, wenn es ging und war rasch aufgestiegen, soweit es in diesem kleinen Unternehmen möglich gewesen war. Sie war sogar bei der alten Dame, der das Reinigungsunternehmen gehörte, ins Haus eingezogen, hatte nur wenig Miete zahlen müssen und sich um sie gekümmert.

»Sind sie die Tochter?«, wurde Magda von einem Arzt aus den Gedanken gerissen.

»Frau Walter hat keine Angehörigen.«, murmelte Magda und es wurde ihr bei den eigenen Worten eng in der Brust. Agnes hatte niemanden. Niemanden auf dieser großen weiten Welt.

»Oh.«

Ein betretenes Schweigen breitete sich zwischen den piependen Geräten aus.

»Wird sie wieder gesund?«, fragte Magda und sah den jungen Arzt an. Sein modern und frisch geschnittenes braunes Haar trug er mit viel Haargel und Scheitel. Schmale Lippen. Ernster und defensiver Gesichtsausdruck. Blaue Augen, die nichts sagten.

»Ich darf ihnen eigentlich keine Auskunft geben.«, sagte er tonlos. Stille. Das Piepen der Geräte. Gemurmel aus der nächsten Box. Eine Reinigungsfrau wischte den Boden.

»Sie wird wieder gesund. Doch wir haben ein psychiatrisches Konsil angefordert. Die Handlung war doch in suizidaler Absicht?«

Magda sagte nichts dazu. Sie ignorierte den fragenden Blick des jungen Arztes und sah auf Agnes hinab. Es kam ihr so vor, als würde sie sich bewegen. Nicht wirklich sichtbar, es fühlte sich nur so an. Plötzlich piepte es laut in einer der Boxen und der Arzt rannte ohne ein weiteres Wort davon. Es wurde hektisch, Menschen stoben auseinander, andere rannten hinzu.

Gerade wollte Magda die Augen von Agnes abwenden, als diese sie öffnete. Ganz langsam. Magda sagte nichts. Sah nur auf diese Frau hinab, die ihr eigenes Leben aufgegeben hatte, damit sie selbst eine Chance hatte zu leben. Und zwar mit ihrem Sohn. Denn das hatte sie wirklich wieder gekonnt.

Als Magda am tiefsten Punkt ihres Lebens angekommen war, und zwar in dem Augenblick, als die Sache mit Mischa aufgeflogen war, und dann später am gleichen Tag noch die alte Dame, die Inhaberin der Reinigungsfirma gestorben war, hatte Magda innerlich aufgegeben. Sie hatte am Abend bei Agnes gesessen, nachdem sie Mischa ins Bett gebracht hatte und einfach nur geweint. Den ganzen Abend. Die halbe Nacht. Und Agnes war bei ihr gewesen. Sie hatte ihr nicht das Gefühl gegeben, dass es nun genug war mit den Tränen, nein, sie war einfach nur da gewesen, und Magda hatte weinen dürfen.

Und in dieser Nacht hatte Magda sich dem Leben ergeben. Zumindest hatte es sich so angefühlt, sie konnte es nicht besser in Worte fassen. Es war, als hätte sie aufgehört zu kämpfen. Immerzu dieses Kämpfen. Sie hatte es losgelassen. In dieser Nacht. In genau dieser Nacht, weinend, an einem Tisch mit Agnes sitzend. Und als sie einige Tage später zum Haus der alten Dame zurückgekehrt war, um ihre Sachen zu holen, um dann mit Mischa zurück nach Polen zu fliehen, bevor das Jugendamt den Jungen nun wirklich holte, hatte dort ein Anwalt auf sie gewartet, um ihr mitzuteilen, dass die alte Dame keine Angehörigen hatte und in ihrem Testament verfügt hatte, dass Magda das Haus und die kleine Firma erben sollte.

Als Agnes ihre Augen endgültig geöffnet hatte und Magda in ihnen sah, dass die alte Dame sie erkannte, kamen ihr die Tränen. Magda wischte sich mit dem Handrücken über die Wange, setzte sich auf die Bettkante und griff nach Agnes Hand. Magda war entsetzt, wie alt sie geworden war. Wie das Leben in drei Jahren so tiefe Furchen zeichnen konnte.

»Nicht weinen.«, krächzte Agnes und hustete.

Magda wusste nichts zu sagen. Es gab auch nichts zu sagen. Mitleid brauchten Menschen nicht. Und viele Fragen, auf die man selbst vielleicht nicht einmal eine Antwort hatte, auch nicht. Obwohl sie wissen wollte, warum Agnes im Rollstuhl saß.

»Unfall«, sagte Agnes leise, als ob sie Magdas Gedanken lesen konnte. Sie hustete wieder.

»Deshalb habe ich mich auch nicht mehr gemeldet. Bei niemanden. Ich schäme mich.«

Magda war berührt von dieser Ehrlichkeit. Und davon, dass sie sie teilhaben ließ und nicht davonjagte. Das hätte sie selbst jedenfalls getan.

»Und ich dachte, sie waren mir böse, dass sie ihren Job wegen mir verloren haben.« Magdas Worte waren kaum lauter als ein Flüstern.

»Ach Schätzchen, keine Sekunde. Es war das Richtige. Hätte ich erneut wählen können, ich hätte es wieder getan. Denn es wäre das Falsche gewesen, Mischa wegzubringen.«

Magda hatte Mühe, die Tränen im Zaum zu halten, die immer mehr nach draußen drängten.

Sie hörte, wie die Menschen an einem Krankenbett in hellem Aufruhr waren, doch sie war so sehr in diesem Moment mit Agnes, dass sie die Welt um sie herum wegschob.

»Es wird alles gut.«, sagte Magda mit tränenerstickter Stimme, und strich zart über die Hand von Agnes. Diese lachte nur bitter auf und hustete wieder. Diesmal lang, so dass es sie schüttelte. Als Agnes sich beruhigt hatte, bettete sie ihren Kopf wieder ins Kissen und sagte

»Es wird nie wieder irgendetwas gut.«

»Oh doch«, sagte Magda sanft und sah ihr ernst aber liebevoll in die Augen.

»Sie ziehen zu mir und Mischa. Wir haben genug Platz.«

Und als Agnes begriff, dass Magda es ernst meinte mit ihren Worten, waren es nun die Augen der alten Frau, die sich mit Tränen füllten. Und sie ließ sie gewähren. Drückte sie nicht weg.

Als Magda aufstand, um ein Papiertuch aus dem Spender zu ziehen, sah sie einen Mann im Eck stehen, der sie anstarrte. Mit braunen Augen und blondem Haar. Doch sie erkannte ihn nicht.

XXI

FRANK

Doch Frank erkannte sie. Er wusste nicht warum, denn eigentlich konnte er Gesichter nur schlecht zuordnen, doch sie hatte er nicht vergessen. Nicht dass er je wieder an sie gedacht hätte, es war eher eine Erinnerung auf einer anderen Ebene. Binnen eines Bruchteils einer Sekunde fühlte er sich zurückversetzt in jenen Tag, an dem sich alles in seinem Leben verändert hatte. Die Polarität des Lebens hatte sich binnen zehn Stunden so sehr über sein Leben ergossen, wie er es zuvor nicht für möglich gehalten hatte. Er hatte mit Tine geschlafen, bei der Kellnerin nachmittags die Zeche geprellt und war abends von der Polizei verhaftet worden. Karma. Doch die Kellnerin erkannte ihn nicht, wieso sollte sie auch, ihr Leben schien einfach weitergegangen zu sein. Er mahnte sich, den Blick abzuwenden und spähte wieder in die andere Richtung, wo der Trubel am Bett seines Vaters sich etwas legte. Er fühlte wenig beim Anblick dieses Menschen, der sich einfach nach seiner Geburt davongestohlen hatte. Geld hatte es immer gegeben, aber innerlich war er allein gewesen. Er hegte keinen Groll, doch auch keine warmen Emotionen.

Man hatte Frank kontaktiert, nachdem sein Vater einen Herzinfarkt gehabt hatte und es immer wieder zu Komplikationen gekommen war. Warum er als Kontakt hinterlegt war, wusste er nicht.

Sein Erzeuger lag mit geschlossenen Augen in gebügelten Laken und die restlichen Ärzte und Schwestern um ihn herum gingen auseinander. Da lag er nun. Halb tot. Die Sonne schien ihm durch die Scheibe ins Gesicht und zeichnete Streifen, denn die elektrische Faltjalousie war nicht ganz verschlossen. Frank wusste nicht, was er tun sollte. Heimgehen fand er irgendwie fehl am Platz, das fühlte sich nicht richtig an, auch wenn er so gar keine Lust hatte, hierzubleiben. Er wollte nicht hier sein, mit seinem halbtoten Erzeuger und seinen Gedanken, die mit dem Anblick der Kellnerin wieder aufkamen. Normalerweise ging er zum Sport, um Gedanken und Gefühle wegzuschieben, doch auch das funktionierte seit geraumer Zeit nicht mehr wirklich. Immer öfter war er ihnen ausgeliefert. Sie waren einfach da. Holten ihn ein und gaben ihn erst wieder frei, wenn sie wieder gehen wollten. Zumindest empfand er es so. Und diese Gedanken kreisten immer um das gleiche Thema. Seit knapp drei Jahren.

Mit kleinen Schritten ging er zum Bett seines Vaters, nahm sich einen Stuhl und setzte sich ans Fußende. Das Haar von ihm war dünn und grau. Er war schon um die 60 Jahre alt. Frank erkannte die Ähnlichkeit zwischen ihnen beiden. Nase. Haaransatz, Ohren, Lippen. So würde er also mit sechzig Jahren aussehen. Eigenartig. Ein Mann, dreißig Jahre älter als er selbst, der ihm so ähnlich sah, und trotzdem wusste er nichts über ihn. Er war die Hälfte seiner DNA und er wusste weder, was er gerne aß, noch welche Filme er mochte, geschweige denn ob er weitere Kinder hatte und eine Frau. Er wusste nicht einmal, ob er Halbgeschwister hatte. Frank wusste nicht warum, aber der Gedanke erschütterte ihn in diesem Augenblick sehr. Er hatte es noch nie gewusst, doch hier in diesem Moment, tropfte dieses Wissen in andere Synapsen. Wie auch immer man das bezeichnete. Und da, wo dieses Wissen hineinsickerte, machte es etwas mit ihm. Es fühlte sich furchtbar an. Es zerriss ihn fast. Er fühlte sich plötzlich völlig allein auf dieser Welt. Seine Mutter war bei einem Autounfall gestorben, als er zwanzig Jahre alt gewesen war. Er hatte es schnell akzeptieren können, schließlich brauchte er keine Milch und Liebe mehr zum Überleben, denn so war das mit dem Leben. Doch das hier gerade war ihm zu viel. Er ließ die Hand seines Vaters los, warf den Kopf in den Nacken und schloss die Augen. Sein Atem ging nur stoßweise.

Und was, wenn er nicht mehr aufwachen würde? Fragen über Fragen, von denen er nicht gewusst hatte, dass sie in ihm waren, schwollen an, wollten raus; wollten gefragt und beantwortet werden.

»Entschuldigen Sie bitte.«, riss ihn eine hübsche Krankenschwester aus seinen Gedanken. Er blickte in ihre blauen Augen und wieder merkte er, dass sich die Lust am Spiel mit den Frauen nicht mehr eingestellt hatte. Obwohl sie sehr sexy aussah. Das konnte er auch durch ihre kastenförmig geschnittene Arbeitskleidung sehen. Da war alles genau da, wo es hingehörte, und ihr lockiges blondes

Haar war in einer Spange am Hinterkopf gebändigt, was ihr einen seriösen, aber auch einen wilden Ausdruck verlieh. Doch Frank hatte kein Interesse. Seit Tine. Und das war nun drei lange Jahre her. Er wusste nicht, wie er das finden sollte.

»Wir fahren Ihren Vater jetzt in den OP.«

Hinter der Krankenschwester tauchten zwei bullige Kerle auf, entsperrten das Krankenbett und rollten ihn durch den Raum und Tür. Frank blickte ihnen nach, bis der letzte Schatten auf dem Flurboden verschwunden war. Als er sich zu der Krankenschwester umdrehte, war diese auch schon gegangen. Sie stand auf der anderen Seite des Raumes und prüfte den Monitor eines anderen Patienten, machte Notizen und ging zum nächsten Bett.

Da er wieder nicht wusste, was er tun sollte, erhob er sich, suchte einen Automaten, aus dem er sich eine Cola zog und setzte sich in den Besucherpark. Es war fast idyllisch hier. Man hörte nur die Vögel in den Bäumen, das Geflüster von Patienten mit ihren Angehörigen und Rollstuhlreifen auf Kies. Eine Bypassoperation sollte sein Vater bekommen. Drei Stück. Er konnte sich nichts darunter vorstellen. Nur dass es sehr ernst war. Das hatten sie ihm gesagt. Frank schloss die Augen, als eine große Wolke vor die Sonne glitt und er die Kühle spürte. Es war ihm, als ob es die gleiche Kühle war, die an dem verhängnisvollen Tag vor drei Jahren sein ganzes Leben verändert hatte. Der Tag, wo er mit Tine geschlafen und die Nacht in einer Zelle verbracht hatte. Die Anschuldigungen waren lächerlich gewesen, und im Handumdrehen hatte ihn sein Anwalt herausgeholt, doch der Schock hatte ihn nachdenklich gemacht. Er hatte erfahren müssen, dass man nichts im Leben unter Kontrolle hatte. Dass ein anderer Mensch bestimmen konnte, ob man in seinem Bett oder auf einer Gefängnisspritsche die Nacht verbrachte. Und obwohl er wusste, dass er niemals verurteilt werden würde, hatte er in dieser Zelle seine Leichtigkeit zurückgelassen. Er hatte sie nicht wieder mit in die Freiheit hinausnehmen können. Sie war dageblieben.

Die Wolke trieb weiter und gab die Sonne wieder frei. Frank öffnete den obersten Knopf seines Hemdes. Einige Wochen nach diesem Tag, hatte ihn Tine über eine Social-Media-Plattform kontaktiert, da er die Firma nie wieder betreten hatte. Sie hatte ihm geschrieben, dass sie mit ihm sprechen müsse. Zwischen Kaffee und Himbeertorte hatte sie ihm dann erzählt, dass sie schwanger sei. Und dass es von ihm war. Sie sei ganz sicher. Sein bis zu dem Augenblick vor Verliebtsein heftig pochendes Herz, wurde zu einem vor Panik heftig pochendem Herz.

»Was willst du jetzt machen?«, hatte er sie gefragt und im Nachhinein sah er ein, dass diese Worte den zarten Moment zerstört hatten. Sie hatte sich innerlich verschlossen und er nicht mehr den Mut gefunden, ihr von seinen eigenartigen verliebten Gefühlen zu erzählen. Also hatte er allem zugestimmt. Sie wollte das Kind haben. Unbedingt. Er würde als Vater nicht in Erscheinung treten, und er solle sich keine Gedanken machen, dass sie etwas von ihm forderte. Doch es war ihm wichtig gewesen, sie zu unterstützen. Er überwies ihr bis heute monatlich Geld, denn sein neuer Job warf noch mehr ab als der alte, so dass eine beachtliche Summe jeden Monat auf Tines Konto gelangte. Und als Frank den zweiten Knopf seines Hemdes öffnete, weil die Sonne zu brennen begann, durchschoss es ihn und er erkannte, dass er dasselbe tat, was sein Vater getan hatte. Er hielt sich fern von allem, was mit Beziehung, Gefühlen und Verantwortung zu tun hatte.

Und das alles hatte ihn hier in diesen Park gebracht. Die Sonne im Nacken. Allein. Und einen unbekannten Vater auf dem Operationstisch. Und er selbst wusste nicht, ob er je Antworten auf seine Fragen bekommen würde, ob sein Vater überleben würde und erst recht wusste er nicht, wen er als Notfallkontakt angegeben hätte.

Frank öffnete die Augen und alles in ihm kam zur Ruhe. Seine Augen folgten einem kleinen Spatzen, der in der Baumkrone den Ast entlang tippelte. Eine neue Wolke spendete Schatten. Dann zog er sein Handy aus der Tasche und wählte Tines Nummer, die sie ihm damals vor knapp drei Jahren gegeben und er nie benutzt hatte. Bis jetzt.

XX

RICHARD

Du willst was?!«
Richard sprang einen Meter zurück, um Abstand zwischen sich und seine Frau zu bekommen.

»Ein Kind. Einen Nachzügler. Marlene und David sind aus dem Haus, es gibt für mich nichts mehr zu tun. Und das alles ...«, seine Frau machte mit dem Armen eine ausladende Geste

»... das alles ist viel zu groß für mich und dich. Der Pool wird kaum noch genutzt.«

Hedwig wandte sich von ihm ab, ging quer durch den Raum, stellte sich vor die riesige Scheibe, die Augen auf den Pool gerichtet. Nervös strich sich Richard durchs Haar. Seit knapp drei Jahren wollte er nun mit seiner Frau Schluss machen. Die Ehe beenden. Doch er brachte es nicht übers Herz. Hedwig war eine gute Frau. Sie hatte die Kinder großartig erzogen, während er die Bank übernommen und geleitet hatte, was sehr viele Überstunden mit sich gebracht hatte. Sie war noch immer gut in Form, ließ sich nicht so gehen, wie viele andere Frauen mit vierzig Jahren und sie gab ihm alle Freiheiten, die er brauchte.

Sie war wirklich eine tolle Frau, seine beste Freundin und gute Partnerin. Doch er war besessen von Tine. Einige Wochen nach dem peinlichen Vorfall im Fahrstuhl vor drei Jahren, war sie endlich mit ihm ausgegangen. Er war wie von Sinnen gewesen. Er konnte sich nicht erinnern, sich in seinem Leben je so lebendig gefühlt zu haben. Sie war der leidenschaftlichste Mensch, den er je kennengelernt hatte und er konnte bis heute nicht glauben, dass sie ihn wollte. Sie hatten eine so wilde Affäre begonnen, dass sie wohl unvorsichtig gewesen waren. Tine war sofort schwanger geworden und harrte seitdem aus, dass er sich endlich von seiner Frau trennte.

Richard trat zu seiner Frau und sah mit ihr hinaus in den Garten. Der Pool maß fünf auf fünfzehn Meter und glänzte in der Sonne. Sie chlorten ihn nicht, sondern es war Salzwasser, mit dem sie arbeiteten. Es war ein größerer Aufwand, das Wasser in Balance zu halten, doch sie beide wollten das Flair des Meeres genießen. Wie oft hatten sie beide im angrenzenden Jacuzzi mit einem Glas Wein gesessen und schweigend den Ausblick auf den Starnberger See genossen. Richard liebte ihre gemeinsamen Rituale, ihre Reisen, ihr Zusammensein, doch es war einfach nicht dasselbe wie mit Tine. War es noch nie gewesen.

»Ich bin noch nicht zu alt, wenn du das denkst.«, sagte Hedwig leise, fast schüchtern. In dem Wort ‚alt‘ lag ein eigenartiger Ton, dachte Richard bei sich. Er schüttelte den Kopf.

»Das weiß ich. Du bist wunderschön.«

Sie schwiegen. Doch es war nicht die angenehme Stille. Es war distanziert zwischen ihnen, beinahe fremd.

Schweigend beobachteten sie einen Igel, der sich den Weg quer durchs Grün von der einen Hecke zur nächsten bahnte.

»Du willst nicht.«, flüsterte sie und die Worte schmerzten ihn. Denn irgendwie spürte er, dass sie nicht nur ein neues Baby meinte. Er konnte nicht antworten. Wie oft hatte er sich überlegt, wie er ihr beibringen konnte, dass er eine andere Frau wollte.

Die Stille, die sie beide nun umgab, nahm Richard fast den Atem. Sie weiß es, ging es ihm durch den Kopf und diese Erkenntnis erschütterte ihn so sehr, dass er sich setzen musste, weil alles in ihm sich zu drehen begann.

Hedwig stand noch einige Minuten am Fenster. Steif. Reglos. Dann ging sie ins Ankleidezimmer und kam mit einer großen gepackten Sporttasche wieder heraus. Er sah sie an. Ihr dichtes, dunkles Haar trug sie streng nach hinten gebunden. Das dezente Make-up und die großen grünen Augen gaben ihr heute etwas Würdevolles, obwohl sie nur Shorts und eine Bluse trug.

Sie blieb in der Tür stehen, die Tasche in der Rechten fest umklammert.

Es wirkte, als wartete sie darauf, dass Richard etwas sagte. Sie aufhielt. Fragte, was sie da mache. Doch er sagte nichts. Tat nichts. Er sah sie nur an, mit hängenden Schultern und traurigen Augen. Dann gab sich Hedwig einen Ruck und ging. Er hörte, wie sie die Treppe hinabstieg, in ihre Schuhe schlüpfte, die Tür öffnete und nach draußen trat. Das Knallen der Tür blieb aus. Es startete ein Motor und es geschah einige Minuten gar nichts. Erst dann fuhr der Wagen an und das Geräusch verlor sich in der Weite.

Richard atmete tief durch. Ging schwimmen, duschen und zog seinen besten Anzug an. Dann ging er durch die noch immer geöffnete Haustür und zog sie ins Schloss. Kaufte eine Rose und bog in die Straße von Tine ein. Nun würde er mit ihr zusammen sein können. Er würde ihr ihren größten Wunsch erfüllen. Es war Schluss mit seiner Frau. In ihm fühlte es sich merkwürdig dumpf an. Die kleine Lydia würde endlich ihren Vater bei sich haben und abends von Mama und Papa ins Bett gebracht werden.

Es war schlimm für ihn gewesen, weder ihr erstes Wort noch ihren ersten Schritt miterlebt haben zu können, doch das würde er jetzt alles nachholen. Jetzt war alles gut. Richard stellte den Motor ab und ging schnell zum Haus. Das mehrstöckige Wohnhaus stand in einer ruhigen Straße, eingebettet zwischen anderen Häusern mit anderen Farben und anderen Menschen. Er klingelte, obwohl die Haustür offenstand und ging zum Fahrstuhl. Dann zog er sein Handy aus der Tasche und drückte gleichzeitig im Fahrstuhl auf die ,6'. Und während der Aufzug sich seinen Weg nach oben bahnte, las er eine Nachricht von Tine, die sie ihm vor einer Stunde geschrieben hatte. Und erneut dachte er, er verliere den Halt unter den Füßen.

»Lydia ist nicht deine Tochter. Es tut mir leid.«, stand in der Nachricht. Und die Fahrstuhltür öffnete sich und am anderen Ende des Flures die Tür von Tine. Sie blickten sich an. Und ihr Blick sagte, dass die SMS kein Irrtum war. Und zum zweiten Mal dachte er heute an die Situation im Fahrstuhl vor drei Jahren. Nur dass er heute der Idiot mit der Rose war. Wie betäubt blieb Richard stehen. Konnte keinen Schritt gehen. Sein Körper kam ihm vor, als sei er aus Blei. Dann nahm er seine ganze Kraft zusammen und drückte den Knopf ‚E'.

XIX

TINE

Die Fahrstuhltüren schlossen sich und dann war Richard weg. Sie hatte ihn nur wenige Sekunden gesehen, doch es hatte ausgereicht, dass sie erkennen musste, was sie ihm angetan hatte. Es zog furchtbar in ihrer Brust. Sie drückte die Tür wieder leise ins Schloss und ging langsam zurück ins Wohnzimmer. Der 35 m² große Raum war mit teuren Möbelstücken vollgestellt. Im linken Bereich befand sich ein großer Erker, den sie als eine Art Leseecke eingerichtet hatte. Den dunkelgrünen Schaukelstuhl hatte Richard ihr geschenkt. Die Designerlampe, die danebenstand, hatte sie von Franks großzügigem Unterhalt gekauft. Ich bin ein schlechter Mensch, dachte sie bei sich. Nicht zum ersten Mal. Sie hatte einem Mann ein Kind untergejubelt. Sie erinnerte sich noch gut, wie sehr er sich gesorgt hatte, ob mit dem Baby alles in Ordnung sei, da es in seiner Rechnung einige Zeit zu früh gekommen war. Irgendwie war ihr klar gewesen, dass das nicht auf ewig gut gehen würde, doch der Anruf von Frank kam so überraschend und die Gefühle von damals waren so abrupt wieder da gewesen, als ob es keine Jahre dazwischen gegeben hätte; so dass sie sofort reagiert hatte. Sie wusste, dass alles falsch war, was sie getan hatte und bevor sie sich mit Frank treffen konnte, musste sie Richard die Wahrheit sagen. Nur dass sie seine Reaktion miterleben würde, darauf war sie in ihrer Gefühlswelt nicht vorbereitet gewesen.

Tine setzte sich in ihren Schaukelstuhl, zog die Beine ganz nah zu sich, umklammerte sie mit ihren Armen, und wiegte sich langsam vor und zurück. Im Außen würden ihre Freunde wieder sagen, dass man ihr gar nichts ansah, doch in ihr war alles in Aufruhr. Erleichterung, Schmerz, Angst, alles war gleichzeitig da. Bis sie eben Richard gesehen hatte, war es eigentlich nur Erleichterung gewesen, seit sie die SMS fortgeschickt hatte. Es war feige gewesen nur eine Nachricht zu schicken, ja, doch sie hatte endlich die Wahrheit gesagt. Nun tat ihr das Herz weh und sie hatte Angst. Richard würde sie sicher feuern, so wie er Frank damals vor die Tür gesetzt hatte. Und dann hätte sie ein großes Problem. Es wäre vorbei mit Designerlampen und Bio-Essen für Lydia. Tine blickte auf die Uhr. Ihre Mutter würde die Kleine erst in fünf Stunden zurückbringen. Sie ging in die Küche und öffnete sich eine Flasche Weißwein. Als sie zurück ins Wohnzimmer trat, spürte sie, dass die Fußbodenheizung unter dem teuren Holz arbeitete. Schnell drehte sie sie ab. Ab jetzt hieß es wohl sparen. Mit schnellen Schlucken trank sie zwei Gläser und ließ den Wein im dritten Glas kreisen, während sie sich wieder in ihren Stuhl setzte. Und was sollte sie jetzt tun? Sie wusste es nicht, saß nur still da und hörte das Rauschen des Straßenlärms, welches vom Wind durch die Ritzen gedrückt wurde. Sie starrte abwechselnd ins Weinglas und durch die Fensterscheibe.

Doch auch der Alkohol machte den Druck auf ihrer Brust nicht besser. Und sie wusste nicht, wen sie um Rat fragen konnte. Der einzige Mensch, der sie je wirklich verstanden hatte, war Werner gewesen. Doch auch dem hatte sie das Herz gebrochen. In ihrem Wahn von Unsicherheit, Werner könnte Steffi zurückhaben wollen, hatte sie sich hinreißen lassen, mit Frank zu schlafen und war Werner danach direkt in die Arme gelaufen. Ein Abstreiten war nicht möglich gewesen. Sie hatten sich noch einige Male getroffen und geredet, doch es war klar, dass Werner ihr das nicht verzeihen konnte und sie war auch kein Mensch, der Dinge wieder gut machen wollte. Man konnte Dinge auch nicht einfach wieder gut machen. Jeder musste immer mit allen Konsequenzen leben, egal wer was tat. Mehr nicht. Die Dinge waren nicht immer so kompliziert, wie der Mensch dachte. Werner hatte die Gespräche gebraucht, um es zu verstehen, und sie hatte sie gebraucht, um zu sehen, dass er nicht verzeihen konnte. Und dann waren da ja noch diese rauschartigen Gefühle für Frank gewesen. Die hatten sowieso alles aussichtslos gemacht.

Trotzdem war Werner der einzige Mensch, dem sie je vertraut hatte und dessen Rat ihr immer teuer gewesen war. Sie trank das dritte Glas leer und folgte ihrem Impuls seine Nummer zu wählen, bevor sie der Mut verließ.

Es klingelte.

»Ja?«, hörte sie ihn sagen und ehe sie feige wieder auflegte, sagte sie schnell

»Hallo.«

»Tine?« Stille.

»Ja.« Stille.

»Lange nichts gehört.«, sagte Werner schließlich und sie war erleichtert, dass er das Gespräch nicht gleich wieder beendete. Sie spürte den Alkohol nun deutlich.

»Bin ich ein schlechter Mensch?«, fragte sie und spürte Tränen in sich aufsteigen.

»Eine Frau hatte mal zu mir gesagt, dass es kein ‚gut‘ oder ‚schlecht‘ gäbe. Nur Dinge, die man tut oder nicht tut.«

Bei den Worten musste Tine schluchzen. Wie konnte er so ein verdammt netter Mensch sein? Und in diesem Moment war es das erste Mal in ihrem Leben, dass sie etwas bereute. Sie bereute es, dass sie ihm damals nichts von ihrer Unsicherheit erzählt hatte, als er sich mit Steffi hatte treffen wollen. Vielleicht wäre nichts von alldem passiert. Ziemlich sicher sogar.

»Ich weiß nicht was ich tun soll.«, sagte sie mit tränenerstickter Stimme.

»Ganz sicher sogar nicht. Sonst hättest du mich nicht angerufen.«

Tine hörte, dass er bei seinen Worten lächelte. Gleich fühlte sie sich noch elender. Er war so ein großartiger Mensch.

»Ich glaube ich kann dir nichts davon erzählen. Es ist wirklich scheußlich, was ich getan habe.«, schluchzte sie erneut ins Telefon.

»Noch scheußlicher als deine Sandfüße in meinem Bett?«

Tine musste plötzlich so laut lachen, dass sie sich fast verschluckte. Es dauerte, bis sie wieder aufhören konnte. Als sie sich wieder beruhigt hatte, merkte sie, dass es ihr etwas besser ging.

»Ich hatte nie Sandfüße.«, protestierte sie schwach.

»Na wenn du das sagst.«, erwiderte er. Und wieder hörte sie sein Lächeln durchs Telefon.

»Es tut mir leid wegen damals.«, sagte sie plötzlich und war selbst überrascht, dass die Worte einfach ausgesprochen waren, bevor sie darüber nachgedacht hatte. Und sie spürte wieder diese eigenartige Unsicherheit in sich, die sie nicht greifen konnte. Werner antwortete nicht gleich. Nachdem sie anfing zu zweifeln, ob er aufgelegt hatte, sagte er

»Danke.«

Einfach nur ‚danke'. Mehr nicht. Und sie wusste, was er damit sagen wollte. Er war dankbar, dass sie endlich verstanden hatte, wie sehr es ihm das Herz gebrochen hatte. Und sie wusste, dass das manchmal alles war, was es brauchte, damit man abschließen konnte. Dass der andere einen sah und verstand. Und zwar in seiner Welt, nicht in der Eigenen.

XVIII

WERNER

Du wirst dich nicht mit ihr treffen!«, kreischte Steffi hysterisch. Werner schaute ihr direkt in die Augen. Es war selten, dass sie derart die Beherrschung verlor. Normalerweise verpackte sie es ganz gern in Vorwürfe und verdrehte die Dinge eigenartig, wenn sie etwas durchsetzen wollte.

»Ich will nur mit ihr reden. Für sie da sein. Sie braucht einen Freund.«, sagte er leise, doch Steffi wischte seine Worte mit einer Handbewegung beiseite.

»Das diskutiere ich nicht mit dir.«, funkelte sie ihn an und setzte nach

»Ich will dich heute nicht mehr sehen.«

Dann drehte sie sich, ohne eine Antwort abzuwarten, weg, und trat von der Küche in den Flur. Und ehe sie das Schlafzimmer erreichte und hineinging, rief sie noch

»Und vergiss' ja nicht Rafael morgen vom Fußball abzuholen.«

Dann krachte die Tür ins Schloss.

Nachdem Werner einige Minuten still dagestanden und nicht begriffen hatte, was eben geschehen war, nahm er seine Jacke und verließ die Wohnung. Draußen war es frisch und windig.

Der goldene Herbst schien mit dem heutigen Tag vorbei zu sein. Schon seit dem Morgen trieb der Wind immer wieder Wolken vor sich her, die nasse Straßen hinterließen. Gedankenverloren kickte er einen Stein vom Fußweg unter ein Auto und ging langsam Richtung Norden.

Werner wusste nicht mehr, wie er in dieses gläserne Gefängnis geraten konnte. Wahrscheinlich hatte alles mit Tine angefangen. Zumindest mit dem Tag, als er mit einer Rose in der Hand, wie ein dummer Junge in den Fahrstuhl geblickt hatte. Tine hatte auch gar nicht versucht es abzustreiten, immerhin. Hätte sie ihm die Wahrheit auch von allein gesagt? Auch eine Frage, die er seit drei Jahren mit sich herumtrug. Zumindest war er danach bodenlos in ein Loch gefallen. Die Gespräche mit ihr damals hatten nichts besser gemacht und in seiner Ohnmacht hatte er sich hinreißen lassen, sich doch auf Steffi einzulassen. Sie war so bedürftig nach Liebe gewesen. Und er hatte so viel zu geben und in sich zu betäuben. Steffi war sehr wild im Bett, hemmungslos, fast aggressiv. So anders als Tine. Die war sinnlich und leidenschaftlich. Tine befriedigte einen Mann, weil sie selbst es wollte. Steffi befriedigte einen Mann, weil sie etwas danach von ihm wollte.

Und nun, als die Tage mehr wurden, an denen er nicht mehr an Tine dachte, rief sie einfach an! Nicht zu fassen. Er vergrub die Hände tiefer in den Taschen. Es war kälter, als er es wahrnahm. Also ging er kurzerhand ins nächste

Lokal und bestellte sich einen Tee. Steffi lachte ihn immer aus, wenn er sich einen zubereitete. Er liebte Tee. Schwarz. Am liebsten mit Zitrone. Irgendwann hatte er es in Steffis Gegenwart gelassen.

Eine blonde kurzhaarige Kellnerin nahm seine Bestellung auf. Wie viele Cafés heute, war es hier eingerichtet wie in einer Lounge. Braune und schwarze, schwere Sessel, die Wände in Cappuccino und mit großen Lettern beschrieben. – Carpe diem. – Werner verdrehte kurz die Augen. Eigentlich hatte er in den letzten drei Jahren mit Steffi so einiges gelassen. Motorradfahren. Zu gefährlich in ihren Augen. Es hatte ihn so glücklich gemacht. Seine Lieblingshose aus Cord war in der Kleiderspende gelandet. Zu retro. Sein Parfüm zu unmännlich. Und die Liste ging noch weiter. Er wusste gar nicht mehr, welche seiner Eigenheiten und Vorlieben eigentlich noch geblieben waren. Was von ihm noch geblieben war.

Die junge Kellnerin brachte ihm seinen Tee und lächelte.

»Das ist auch mein Lieblingstee.«, sagte sie schüchtern.

»Ich habe ihn sehr lange nicht getrunken.«, gab er matt zurück. Sie sah ihn kurz unschlüssig an, ob sie noch etwas sagen sollte, entschied sich aber dagegen. Sie lächelte nur kurz und ging.

Werner seufzte. Was tat er hier eigentlich? Er war verwirrt. Und zwar nicht, weil Tine sich gemeldet hatte und er deswegen total durch den Wind war, sondern weil Tine sich gemeldet hatte und er dadurch in sich in irgendeinem Winkel Alarmsignale wahrnahm, die ihn auf etwas hinweisen wollten. Es wollte etwas raus, nur wusste er nicht

was. Vor allem wusste er nicht, warum er so latent unglücklich war. Dabei hatte es mit Steffi am Anfang so gut
ausgesehen. Sie hatte ihm gesagt, dass er nicht mehr zur
Therapie gehen brauchte, dass er perfekt war, wie er war
und es hatte ihm unendlich gutgetan. Und es wirkte im
ersten Moment auch auf den anderen Ebenen in der Beziehung gut. Er durfte mit seinen Jungs um die Häuser
ziehen, auch Alkohol trinken, sie schlief noch nach drei
Jahren mit ihm, er kam gut mit den Kindern zurecht und
sie machte sich noch hübsch für ihn. Eigentlich hatte er all
das, was ihm wichtig war. Doch warum verdammt, war er
nicht glücklich? Vielleicht weil es ihre Spielregeln waren.
Er brauchte kein Bier zum Feierabend, aber sie erlaubte es
ihm von sich aus, so dass er angefangen hatte, mit seinen
Jungs nach der Arbeit noch etwas sitzen zu bleiben. Sie
machte sich zwar zurecht für sich selbst, was sie immer
betonte, doch sie wollte Lob dafür. Und so war es mit
allem. Irgendwie ging es nie um ihn. Er war eigentlich
austauschbar.

Werner rührte in seinem Tee und beobachtete die
Schlieren, die der Zitronensaft auf der Oberfläche zurückgelassen hatte. Und irgendwie tauchten Worte von Tine in
ihm auf, die sie früher einmal gesagt hatte. Die Dinge sind
nicht immer so kompliziert, wie es der Mensch glaubte.

Und mit diesen Worten entzerrte sich etwas in ihm,
übereinandergeschichtete und rumgewälzte Gedanken
lösten sich und ließen in ihm eine Klarheit zurück, die ihn
alles so eindeutig sehen ließ. Er wollte nicht Steffis Leben
leben. Er wollte nicht mit ihr leben.

XVII

STEFFI

Steffi saß in der Küche und rauchte. Sie war eigenartig unruhig. Mit den Fingerspitzen fuhr sie über die glatte Oberfläche des Tisches. Vor einigen Minuten hatte da noch ein Teller gestanden. Sie hatte mit ihren Kindern gescherzt und Limo nachgeschenkt. Doch es fühlte sich an, als ob es schon ewig her war. Draußen im Flur hörte sie die Tür. Getrampel. Gepolter. Zwei Füße schlurften in Richtung Bad, die anderen beiden bewegten sich nicht. Die Dusche ging an und Werner kam in die Küche. Und als sie in seine Augen sah, erkannte sie den Blick.

Es war der gleiche Blick, den Jonas in den Augen hatte, als er sie verlassen hatte. Es war beinahe absurd, dass ihr dasselbe schon wieder passierte. Was war nur falsch mit ihr? Sie gab den Männern doch alle Freiheiten, die sie brauchten. Mehr sogar noch, er konnte doch tun und lassen was er wollte. Was war daran denn nicht genug?

Steffi spürte, wie alles in ihr anschwoll. Diese scheiß verfluchte Tine! Dieses hässliche Weibsstück hatte ihn einfach weggeworfen und dann meldete sie sich wieder und er stand parat. Dieses scheiß Weichei. Sie hatte es gewusst. Doch diesmal würde sie nicht diejenige sein, die sitzen gelassen wird. Diesmal nicht.

»Steffi, ich muss mit dir reden«, sagte er leise.

Die gleiche lächerliche Unterwürfigkeit wie Jonas damals, dachte Steffi.

»Halt den Mund.«, zischte sie leise.

Diesmal würde sie nicht laut werden, toben und ihre Kinder mit reinziehen.

Diesmal nicht!

Sie hörte noch immer das Rauschen der Dusche. Gut. Werner sah sie fragend an, doch er brauchte sich nicht einzubilden, dass er ihr zuvorkommen konnte.

»Es ist aus! Vorbei! Nimm deinen ganzen Kram und verpiss' dich.«

Die Worte waren ausgesprochen und augenblicklich fühlte sie sich besser. Sie hatte den Spieß umgedreht. Sie hatte das Zepter in der Hand.

Als Werner etwas erwidern wollte, machte sie eine Einhalt gebietende Geste. Kein Wort konnte sie ertragen. Sie fühlte sich in diesem Moment gut, doch das Eis war sehr dünn, auf dem sie stand. Sie wusste, ein falsches Wort von ihm und es würde kippen. Würde das Gefühl von Macht wieder in Ohnmacht verwandeln. Es würde schließlich ihr einziger Trost bleiben, dass sie Schluss gemacht hatte.

»Ich hatte nichts mit Tine.«, sagte Werner etwas hitzig. Sie kannte ihn inzwischen gut und wusste, dass ihn Ungerechtigkeiten aus der Haut fahren ließen. Seine sonst eher fahlen Wangen begannen rot zu leuchten.

»Ist mir egal. Ist nur eine Frage der Zeit, bis dich das Flittchen wieder im Bett hat. Du hast kein Rückgrat. Du bist ein Weichei!«

Steffi sah, wie es Werner durchzuckte. Ihre Worte taten ihm weh, doch sie konnte nicht aufhören. Schließlich wollte er sie verlassen.

»Denn wer heult schon fünfzehn Jahre einer Frau hinterher, die er nicht einmal geküsst hat?«

Stille. Steffi wandte sich ab. Sie konnte seinen Anblick nicht ertragen. Sie wusste, dass sie zu weit gegangen war, doch sie würde es niemals zugeben. Die Wand, die sie nun anstarrte, war über und über mit Fotos bespickt. All ihre Kinder in allen Lebenslagen. Lachende Gesichter und in die Luft geworfene Arme. Bilder für die Ewigkeit, von der nichts mehr übrig war.

Werner sagte nichts. Er bewegte sich auch nicht. Erst nach einigen Minuten spürte Steffi, wie er auf sie zuging und sie zu sich drehte.

Seine Augen waren dunkel. Aber in ihnen lag keine Wut, kein Zorn, keine Bedrohung. Nein, es war eine Form von Traurigkeit und sogar etwas wie Mitleid. Aber nicht für sich selbst, sondern für sie. Er hatte Mitleid mit ihr! Die Scham, die sich plötzlich in ihr auftat, war so explosionsartig, dass es sie fast zerriss. Rüde schubste sie ihn von sich, griff nach dem Nächstbesten, was sie zu fassen bekam und drosch ihm mit der Pfanne auf die Schulter. Das Seifenwasser, was eben noch in der Pfanne schwamm, klatschte auf die Fliesen und strömte in alle Richtungen.

Sie spürte die Nässe durch die Socken und die Scham in ihrem Herzen. Mehr nicht.

Werner brachte noch mehr Abstand zwischen sie beide und hielt sich die Schulter.

Doch er sagte nichts. Immer noch nicht. Und sie wusste in dem Moment, dass er das auch nicht tun würde.

Wortlos ging er ins Schlafzimmer. Sie hörte, wie er seine Sachen aufs Bett warf.

Steffi hielt noch immer die Pfanne in der Hand und in ihr breitete sich eine eigenartige Taubheit aus. Sie starrte auf die Seifenblasen, die langsam auf dem Spülwasser durch die Stuhlbeine glitten. Sie waren klein und glänzend. Sie kannten keinen Zorn oder Schmerz, sie waren einfach da und dort, wo der Mensch sie erschuf oder hintat. Mehr nicht.

Dann hörte sie Schritte. Und nicht nur die von Werner. Auch Rafaels. Sie hätte jedes ihrer Kinder an den Schritten erkannt. Die Küche war hell erleuchtet und sie hatte Mühe in dem düsteren Flur etwas erkennen zu können. Doch sie sah genug. Einen Halbwüchsigen, der mit hängenden Schultern vor der Wohnungstür stand.

Werner, der kurz über das Haar des Jungen fuhr. Und als Steffi dachte, ihr Sohn würde Werner um den Hals fallen und ihn bitten nicht zu gehen, öffnete Rafael ihm die Tür, legte den Kopf in den Nacken, um ihm in die Augen blicken zu können und sagte leise

»Ich verstehe dich, Werner. Ich hab' dich lieb.«

XVI

JONAS

Rafael saß neben seinen Geschwistern Emma, Niels und dem Jüngsten Max auf einer langen Bank. Sie trugen Hemden und Blusen, die nicht gebügelt waren. Das Neonlicht, welches aus der Decke fiel, ließ ihre Gesichter eigenartig bleich erscheinen. Aber vielleicht war es nicht nur das Licht, dachte Jonas, als er die Kantine des Krankenhauses durchschritt und seine Kinder in Augenschein nahm. Merle, die beste Freundin von Steffi, zog gerade mehrere Dosen aus dem Automaten und starrte ihm in der spiegelnden Glasscheibe düster entgegen. Sie trug eine weite Bluse mit bunten Tieren und eine viel zu enge blaue Jeans. Das braune Haar lag glanzlos auf ihren Schultern. Er spürte ihre Wut auf ihn, doch es war ihm gleich. Also wandte er seinen Blick wieder von ihr ab und sah zu seinen Kindern.

Viele Wochen hatte er sie nicht mehr gesehen und den Anblick seines eigen Fleisch und Bluts, hier in der trostlosen Kantine mit künstlichen Pflanzen und Blumensträußen, konnte er kaum ertragen und noch weniger die leuchtenden Augen seiner Kinder, als sie ihn entdeckten.

In zwei Sätzen waren sie von der Bank gesprungen, unter den Tisch getaucht und dann auf ihn drauf gehechtet. Sie unterdrückten ein Kreischen, Tränen des Glücks, aber auch ihr Lachen. Jonas sah aus dem Augenwinkel, wie misstrauisch Merle die Situation beobachtete. Nach vielen Küssen und klammernden Armen befreite er sich langsam und schob sie zurück zum Tisch.

»Ich komme gleich. Ich helfe schnell Merle.«

Schnaubend, aber selig ließen sie von ihm ab und setzten sich wieder auf die Bank. Es war die letzte im Eck des Raumes, sodass sie sich sitzend gegen die weiße Wand lehnen konnten. Um die Uhrzeit waren kaum Gäste hier, und die Butterbrezen und Sandwiches in der Auslage neben dem Automaten sahen nicht vielversprechend aus.

»Merle.«, sagte Jonas kurz und nahm ein paar Münzen aus dem Geldbeutel.

»Jonas.«, erwiderte sie kühl und drückte die 45. Der Automat nahm seine Arbeit auf und stieß zwei Apfelschorlen in die Tiefe.

»Was ist denn wieder mit ihr?«, fragte Jonas schließlich. Er fand es ziemlich unnötig, dass Merle ihn so anfeindete, schließlich ging sie das alles gar nichts an.

»Ihr wurde der Magen ausgepumpt.«

»Wieso das denn?«.

Jonas begriff nicht sofort.

»Sie wollte ihr Leben beenden.«, sagte Merle leise und so voller Vorwuf, als ob er schuld daran sei.

»Wie denn?«, fragte er überflüssigerweise, aber er war eigenartig verwirrt, so dass er keinen klaren Gedanken fassen konnte.

»Na mit Tabletten!«, spie sie ihm entgegen.

Die Kinder blickten nervös zu ihnen herüber und Jonas versuchte sie mit einem Lächeln zu beruhigen. Am Ende des Raumes trat eine Frau herein. Sie kam ihm vage bekannt vor mit ihrem vollen, dunklen Schopf, doch sie trug einen Mundschutz, so dass er nicht viel von ihrem Gesicht sah. Jonas wandte sich ab und blickte Merle in die Augen.

»Das wievielte Mal ist es denn nun eigentlich?«, fragte er kühl und Merle verzog gekränkt die Mundwinkel, als ob es um sie gehen würde.

»Ich hoffe das hast du nicht ernst gemeint.«, zischte sie und die fast gelben Augen, bohrten sich tief in ihn hinein. Er unterdrückte den Impuls zurückzuweichen.

»Was sie da getan hat ist unverantwortlich. Vor allem den Kindern gegenüber.«

Er machte eine halbe Geste zu ihrem Tisch hinüber, hielt dann aber inne.

Er erinnerte sich noch gut an den Tag, als das Jugendamt bei ihnen zu Hause war. Rafael hatte vor einigen Jahren im Kindergarten erzählt, dass er seine Mama nicht hatte wecken können, weil sie so fest schlief. Und dass später der Krankenwagen dagewesen war. Da Steffi zu der Zeit, als der Junge es erzählt hatte, gerade einmal wieder eine stationäre Therapie gemacht hatte, war das alles weitergeleitet und das Jugendamt auf sie aufmerksam geworden.

»Sag mal geht's noch? Deine Frau wollte ihr Leben beenden und du machst ihr Vorwürfe?!«

Jonas sah, wie wütend Merle war und er konnte nicht fassen, dass sie wirklich auf Steffis Seite stand und sich vor sie stellte. Schließlich wusste sie am besten, dass das nicht das erste, zweite oder dritte Mal war. Nur lag der letzte Vorfall vier Jahre zurück. Er war schon ein wenig überrascht, er hatte gedacht, dass sie es überwunden hatte.

»Sie wäre fast gestorben.«, setzte Merle leise aber bestimmt nach.

»Wie kann dir das so egal sein! Ach, wieso wundert mich das überhaupt.«

Sie warf die Hände in die Luft, links und rechts eine Apfelschorle umklammert.

»Es war dir ja schon immer völlig egal, was mit Steffi ist. Sonst wärest du nicht einfach abgehauen.«

Sie drehte sich weg und brachte den Kindern die Getränke. Dann kam sie wieder zu ihm zurück. Jonas sah, wie die Frau mit dem Mundschutz in ihr Handy tippte. Woher kannte er sie nur? Merle warf erneut Münzen in den Automaten und drückte die ‚17‘.

»Was ist jetzt mit ihr? Ist sie noch auf der Intensiv?«

Jonas wollte mit Merle nicht mehr reden, als es nötig war. Er wusste, dass es völlig gleich war, ob er sich erklären würde oder nicht, sie würde ihm alles schlecht auslegen. Und sie würde es auch nicht glauben. Sie würde es anders sehen als er, zum Beispiel, dass er das Gefühl hatte, seit ihrer Trennung wieder atmen und leben zu können. Und dass er ein besserer Vater war als früher, auch wenn er seine Kinder nicht oft sah. Er schob sie nicht mehr beiseite wie früher, wenn er sie bei sich hatte. Er sah sie nun an, hörte ihnen zu und tollte mit ihnen herum. Er war nicht mehr gestresst, auch wenn sie anstrengend waren und er hatte inzwischen das Gefühl, dass er jedes einzelne seiner Kinder kannte.

»Sie wird für einige Wochen stationär gehen.«, antwortete Merle knapp und sah ihn herausfordernd an.

»Es wird zwar etwas eng, aber es wird schon gehen.«, gab er zurück und er sah in Merles Augen, dass sie von dieser Antwort sehr überrascht war. Wie eingefärbt sie von dem Geschwätz seiner Ex war, wurde ihm gerade erst jetzt klar. Doch er kümmerte sich nicht darum. Er hatte es sich versprochen. Er würde sich nie wieder erklären, außer wenn er es selbst wollte. Und das wollte er jetzt nicht.

Jonas nahm die letzten Dosen und ging zurück zu seinen Kindern. Und noch immer saß die Frau mit dem Mundschutz allein am Tisch und tippte in ihr Handy. Als sie aufsah, blickte sie ihm direkt in die Augen. Und da erkannte er sie. Helena.

XV

HELENA

Sie hatte ihn schon die ganze Zeit gesehen. Und vor allem erkannt. Ihr Körper kribbelte bei dem Gedanken. Er war so sinnlich gewesen. Sie würde den Tag nicht vergessen. Es war vor fast genau drei Jahren gewesen. Ihr Prepaid-Handy hatte geklingelt und sie hatte erfahren, dass es eine Spenderlunge für sie gab. Und als sie das Telefonat beendet hatte, war er einfach da gewesen. Hatte einfach vor ihr gestanden, mit leuchtenden Augen und einem offenen Herz. Nie zuvor hatte sie einen Mann einfach mit nach Hause genommen. Doch im Angesicht des Todes und im Angesicht des Lebens, war sie ihren Impuls gefolgt, und hatte sich diesem Mann hingegeben. Einmal. Danach war sie ins Krankenhaus zur Vorbereitung der Operation gefahren.

Oft hatte sie sich danach bei dem Gedanken ertappt, dass sie sich wünschte, dass er wiederkommen würde, obwohl sie ihm das Versprechen abgenommen hatte, dass es eine einmalige Sache war.

Bis heute wusste sie nicht, ob er einfach sein Versprechen gehalten hatte, weil er ein anständiger Kerl war, oder ob er ein Aufreißer war, dem dieses Arrangement recht gelegen kam. Ihr Bauchgefühl sagte, dass es sich um Ersteres handelte.

Helena blickte ihm direkt in die Augen und lächelte durch ihren Mundschutz. Sie sah, dass er sie trotz diesem erkannte. Das Summen der Neonröhren brummte in ihren Ohren. Sie war seit ihrer Operation schrecklich empfindlich auf Reize jeder Art. Jonas lächelte, sagte einige Sätze zu der Schar Kinder, die auf der Bank wie aufgefädelt saß und kam zu ihr herüber. Ihr Herz machte einen Sprung. Er grub seine Hände tief in die Taschen und sie sah, dass er betont lässig auf sie zu schlenderte, doch sie fand es sehr anziehend. Das Haar trug er noch immer kurz und wild, doch seine Wirkung war viel stärker und intensiver als damals. Ihr Herz schlug ihr bis zum Hals, als er sie erreicht hatte.

»Hey.«, sagte er schüchtern und schlug die Augen nieder. Helena hob kurz die Hand und zeigte auf den Stuhl ihr gegenüber.

»Hey.«, erwiderte sie kurz.

»Ich lächele, nur dass du das weißt.«, fuhr sie durch den Mundschutz fort und Jonas lachte auf. Ein wunderschönes klares tiefes Lachen, fand sie. Er glitt auf den Stuhl, stützte die Arme auf den Tisch und beugte sich über ihn zu ihr herüber.

»Lange nicht gesehen.«, meinte er schließlich lächelnd. Und in diesem Lächeln lag nichts weiter als pure Freude über ihre Begegnung.

»Ja, leider.«, gab sie zurück und rügte sich innerlich kurz, dass sie ihm das gegenüber zugegeben hatte.

»Echt?«, fragte er erstaunt, aber erfreut.

»Aber du hattest gesagt, …«, weiter sprach er nicht, denn das Ende des Satzes wäre überflüssig gewesen.

»Ja, leider.«, sagte sie wieder und rutschte unruhig auf dem Stuhl hin und her.

»Lächelst du immer noch?«, hakte er grinsend nach und lehnte sich etwas zurück.

»Was denkst du?«

»Ich glaube ja«, Jonas grinste noch immer. Sie nickte kurz und ihre Blicke versanken ineinander. Einige Zeit sprachen sie nicht. Sahen sich nur in die Augen und sie genoss das stille Kribbeln hinter ihrem Brustkorb. Sie genoss die Lebendigkeit, die sie durchflutete. Eine Lebendigkeit, von der sie befürchtet hatte, dass sie sie bei ihrem letzten Aufenthalt hier verloren hatte.

Ihr Körper hatte den fremden Lungenflügel, den sie vor drei Jahren bekommen hatte, nicht abgestoßen und sie hatte es physisch und psychisch gut überstanden, doch vor vier Monaten hatte sie sich erkältet und war nun hier erneut stationär im Krankenhaus, weil sie sich nur furchtbar langsam erholte. Ihr ging es nicht mehr so gut mit ihrer Krankheit, dem idiopathisch bedingten Abbau des Lungengewebes, weil sie erkennen musste, dass auch der neue Lungenflügel nur eine weitere Ungewissheit war. Es war einfach nicht gut. Die Operation hatte ihr Lebenszeit geschenkt, ja, doch niemand wusste wie viel. Es gab keine Garantie. Keiner sagte, Helena, nun wirst du sicher noch zwanzig Jahre leben können. Ganz im Gegenteil. Bis heute war ungeklärt, warum der Körper fremde Lungenteile nach sieben Jahren abstieß, auch wenn er sie zu Beginn angenommen hatte. Nun hatte sie sich nur blöd erkältet und musste bangen, ob damit nicht auch noch ein Abstoßungsprozess angeschoben wurde.

Wildes Getrampel holte sie aus ihren Gedanken. Jonas wandte sich von ihr ab und stoppte mit der Rechten die Kinderschar.

»Papa, Papa, wir wollen ein Eis.«, riefen sie fast im Chor und umringten ihn. Er kicherte kurz, holte einen Geldschein aus dem Etui und sagte leise etwas, worauf sich die kleine Bande zur Eistruhe aufmachte. Helena sah ihnen nach. Der Größte hatte die Hand fest um den Schein geklammert und ging voraus. Seine Geschwister liefen ihm dicht, aber trotzdem mit respektvollem Abstand, hinterher. Sie war beeindruckt von der kleinen Menschengruppe mit ihren unausgesprochen akzeptierten Hierarchien.

»Ziemlich abtörnend, oder?«, fragte Jonas in die aufkommende Stille hinein. Helena lächelte.

»Ich werde wahrscheinlich nicht einmal von deinem Ältesten den 18. Geburtstag erleben. Ziemlich abtörnend, oder?«

Sie blickten sich wieder in die Augen und Helena war es, als ob Verblüffung, Neugier, Lebendigkeit und Offenheit in den Seinen lag. Es war, als ob die Zeit stillstand. Helena verlor sich in seinen Augen und in seinem Herz. Sie wusste, dass es für sie kein Happy End gab, dass es eigentlich für niemanden ein Happy End gab. Doch solange sie lebte, wollte sie mehr Happy Ends. Das war ihr plötzlich klarer als je zuvor. Denn die Welt brauchte mehr Happy Ends.

Und sie blickten sich noch immer in die Augen, als weitere Menschen um sie herum hereinströmten. Und Jonas lächelte. Seine Augen, sein Mund und sein Herz. Helena hatte das Gefühl, als könne sie in ihnen lesen, als verstehe und sehe sie ihn. In seiner Welt. Und in ihrer gemeinsamen. Ihm schien es ähnlich zu gehen, denn plötzlich sagte er

»Dann brauchen wir ganz viel Jetzt.«

XIII

FRANÇOIS

François balancierte den riesigen Blumenstrauß durch die Gänge und trat in die Kantine. Nackte Wände und blankpolierte Böden deprimierten ihn, doch er mahnte sich, eine gutgelaunte Miene zu wahren, denn sein Problem mit der Ästhetik des Gebäudes war nichts im Gegensatz zu Helena ihren. Er blickte durch den Raum und erkannte sie sofort. Sie trug ihren obligatorischen Mundschutz. Das Haar war streng in eine Spange gespannt. Eben stand ein Mann lächelnd von ihrem Tisch auf und ging dann zu einem Kinderhaufen, der sich um eine Eistruhe tummelte. Er hasste Kinder. Diese hilflosen plärrenden Biester, die ohne Erwachsene einfach sterben würden. Eine derart existenzielle Abhängigkeit verabscheute er zutiefst. Mit großer Neugier jedoch näherte er sich Helena, die ihm entgegen lachte, aufstand und eine beschwingte Geste machte.

»Sag' nichts.«, kicherte sie und schob ihn aus der Kantine. Aus dem Augenwinkel konnte François noch einen Blick auf den Typen werfen, der inzwischen die Kinder erreicht hatte. Netter Arsch, grinste er in sich hinein.

Schweigend gingen sie den breiten Gang zum Fahrstuhl entlang, den Blumenstrauß hatte er immer noch in den Händen.

»Du weißt schon, dass ich dieses Grünzeug nicht mag?«, sagte sie leise.

»Ich glaube mich daran zu erinnern, dass du es jedes Mal erwähnst.«, sagte er lächelnd und blickte auf das satte Gelb der Sonnenblumen mit ihrem fast schwarzen Kern. Helena lachte kurz und stieß ihn mit dem Ellenbogen in die Rippen.

»Autsch.«, knurrte er spielerisch.

»Dir scheint es ja schon besser zu gehen.«, setzte er grinsend nach.

Prüfend sah er sie an. Es lag ein Glanz in ihrem Gesicht, den er nicht kannte. Er hatte sie vor zwei Jahren kennengelernt, als seine Nachbarin Frau Bergmann gestorben war. Auf der Beerdigung waren drei Menschen gewesen. Der Pfarrer, er und eine kurzatmige Frau, die sich betont langsam bewegte. François hatte gewusst, dass Frau Bergmann ihn nicht ausstehen hatte können, doch schließlich hatte er die Polizei gerufen, als es ihm nach einigen Tagen verdächtig ruhig vorgekommen war. Und da sich scheinbar niemand für ihren Tod interessierte, hatte er sich verpflichtet gefühlt, ihr im Übergang ins Himmelsreich beizustehen. Nicht dass er gläubig war, ganz und gar nicht, das würde ihm noch fehlen.

Sie warteten eine gefühlte Ewigkeit auf den Fahrstuhl und zwängten sich dann zwischen Patienten, Putzfrauen und Ärzte in die kleine Kabine. François ließ seine Freundin nicht aus den Augen. Er wusste, dass sie Platzangst hatte, doch die vielen Stufen wären zu viel für sie gewesen. Mit einem tiefen Seufzen verließen sie in der Etage 8 den Lift und sprachen erst wieder miteinander, als Helena im Bett lag und sich die Decke über den Körper gezogen hatte. Das Einzelzimmer war geräumig, aber trist. François konnte nicht verstehen, wie sie es hier aushielt. Er brauchte es schön. Er war ein sehr visueller Mensch.

»Wer war der Typ?«, begann François, nachdem er die Blumen versorgt und sich einen Stuhl ans Bett gestellt hatte.

»Ein One-Night-Stand vor drei Jahren.«, sagte sie knapp. Doch ihm entging ihr Lächeln nicht und wieder legte sich dieser sonderbare Glanz über sie.

»Es schien gut gewesen zu sein.«, erwiderte er grinsend und hoffte, sie etwas aus der Reserve locken zu können.

»Ich kann nicht klagen.«, kicherte sie plötzlich und François wurde klar, dass sie ihn ziemlich gut fand.

»Du magst ihn.«, sagte er dann, mehr zu sich selbst als zu ihr. In den ganzen zwei Jahren, seit sie sich kannten, hatte Helena nie ein schwärmendes Wort über jemanden verloren. Er hatte sich schon einige Male gefragt, ob eine schwere Krankheit einen Menschen dazu bringt, sich für niemanden mehr zu begeistern. Es schien nicht so.

»Aber genug von mir.«, sagte sie plötzlich.

»Was macht dein Toyboy?«

François verzog den Mund.

»Du sollst ihn nicht so nennen.«, erwiderte er. Diesen Dialog führten sie mit genau diesen Worten nicht zum ersten Mal.

»Na gut, na gut.«

Helena hob beschwichtigend die Hände.

»Sven.«

Schon bei dem Namen brannte es in ihm. Die Verliebt-heit zu dem Bauarbeiter hatte nicht nachgelassen. Die Einstellung von Sven, dass es nur Sex Dates waren aber auch nicht. Im Schnitt blieb er einmal im Monat über Nacht, dreimal im Monat aßen sie nach dem Sex mitein-ander und einmal alle paar Monate schrieb er etwas ande-res in seinen Textnachrichten außer

»ficken?«

François schüttelte den Kopf.

»Es gibt nichts Neues.«

Es fiel ihm schwer diese Worte auszusprechen. Denn wenn die Worte einmal in der Welt waren, konnte er die dazugehörigen Gedanken so schlecht wieder wegdrücken.

»Das Leben ist so verdammt kurz.«, flüsterte Helena ge-dankenverloren aus dem Fenster. Mit einem Mal war das Gespräch versiegt, denn darauf gab es nichts zu sagen. Es hatte nicht vorwurfsvoll geklungen, es war kein Selbst-mitleid darin und es klang auch nicht abwertend seinen Problemen gegenüber. Es war einfach nur tief und wahr.

François wusste nicht, warum er seine Gefühle Sven gegenüber nicht offenbaren konnte. Es war wohl die un-sägliche Angst, ihn zu verlieren, wenn er versuchen würde, die Modalitäten zu ändern.

»Du legst ihm keine Kette um den Hals, nur weil du ihm sagst, dass du ihn liebst.«, schien sie seine Gedanken zu lesen.

»Doch es verändert alles.«, entgegnete François etwas verzweifelt.

»Du würdest nur aufhören dein Leben zu blockieren.«, entgegnete sie ruhig und schloss die Augen. Was für eine eigene Wortwahl, dachte er bei sich. Er sah sie an und fragte sich nicht zum ersten Mal, ob die Krankheit sie zu diesem tiefsinnigen Menschen machte, oder ob sie schon vorher so war und deshalb so tapfer mit ihr umgehen konnte. So wie viele andere Fragen auch, traute er sich aber nicht, sie ihr zu stellen. Er reihte sich damit sicher in die Menschentraube ein, die Helena wie ein rohes Ei behandelte und kein falsches Wort sagen wollte, doch er wusste es nicht besser.

Und als er bemerkte, wie draußen langsam die Sonne unterging, während er über Helenas Schlaf wachte, wurde ihm klar, dass alles so weitergehen würde, egal wie oft sich die Erde noch um die Sonne und um sich selbst drehen würde. Also nahm er sein Handy, löschte den gesamten Chat mit Sven und schrieb ihm dann drei Worte.

XII

SVEN

Sven schlug die lang gestreckten Beine auf dem Hocker übereinander und parkte die fast leere Bierflasche auf seinem Oberschenkel.

»Die macht mir das Leben einfach nur noch zur Hölle.«, sagte Mike, der seit einer halben Stunde über seine Frau schimpfte.

Das kleine Wohnzimmer war sehr gemütlich eingerichtet. In braunen und beigen Farben gingen die Möbelstücke passend ineinander über. Der Bezug der Couch fand sich auf den Kissen der Holzbank und am Esstisch wieder. Das dunkle Holz der Tischplatte in den Füßen der Vitrinen und des Sideboards. Mikes Frau hatte ein Händchen dafür, mit wenigen Blumen, Accessoires und Kerzen den Raum warm schimmern zu lassen. Und trotzdem fühlte Sven eine Beklemmung in seiner Brust. Die Dekoration, die Kissen und Kerzen konnten nicht über die Kälte hinwegtäuschen, die hier in der Wohnung herrschte. Eine Herzenskälte. Sven nahm einen großen Schluck, um den schalen Nachgeschmack seiner Gedanken wegzuspülen, doch es gelang ihm nicht.

Seit nunmehr drei Jahren hockte er nach seinem Feierabend an diesem Fleck auf ein oder zwei Flaschen Bier. War er zu Beginn so glücklich gewesen, dass er etwas näher an Mike herangekommen war, hatte das Gefühl im letzten Jahr stark nachgelassen, denn Mike war verbittert und böse geworden. Sein Bein war steif und er war inzwischen berentet. Manchmal hatte er das Gefühl, dass Mike auch nicht gesund werden wollte. Er hatte unzählige Male die Physiotherapie ausfallen lassen, hatte die Reha abgebrochen und stand nur aus seinem Sessel auf, wenn es unbedingt sein musste. Klagte er nie über Schmerzen, wenn er mit ihm allein war, jammerte er in einer Tour, sobald seine Frau zur Tür hereinkam. Sven hatte schreckliches Mitleid mit Franziska. Deshalb nickte er auch nur ab und an, als Mike über sie herzog. Er konnte ihm nicht nach dem Mund reden, auch wenn Mike nicht aufhörte ihn dazu zu drängen, ihm recht zu geben.

»Findest du etwa nicht?!«, fragte Mike laut. Er blickte Sven in die Augen. In ihnen lag Aggressivität und Zorn. Von dem hellen, strahlenden Lachen in ihnen, war nichts mehr übriggeblieben. Es wirkte sogar, als ob seine Augen ein viel dunkleres Blau hatten als früher.

»Was meinst du?«, fragte Sven.

»Na, dass sie mir das Leben zur Hölle macht, verdammt!«, brauste Mike auf, warf die Arme in die Luft und stieß dabei seine Bierflasche um. Sie fiel klirrend zu Boden, ohne zu zerschellen, doch fast der gesamte Inhalt ergoss sich auf das hellbraune Parkett.

»So eine Scheiße.«, fluchte Mike, doch anstatt aufzustehen und einen Lappen zu holen, nahm er ein Kissen

hinter seinem Rücken hervor und warf es auf die Bierpfüt-
ze. Es klatschte leise. Sven wusste nicht, was er tun sollte.
Er merkte nur wieder, dass da kaum noch diese warmen
Gefühle für diesen Mann waren, in den er so viele Jahre verliebt gewesen war. Hin und wieder war Sven sehr
verblüfft darüber, dass Gefühle einfach so verschwinden
konnten, die einen so eine lange Zeit das Herz gewärmt
hatten. Zurzeit gab es für ihn eigentlich nur einen Menschen, für den er warme Gefühle in der Brust hatte. François. Es waren mit der Zeit immer mehr geworden, doch
auch da war es wieder dasselbe. François wollte ihn nicht
wirklich. Es war nur Sex. Doch wenigstens das wollte er
behalten, deshalb behielt er mal wieder seine Gefühle für
sich.

»Immer meckert sie an mir herum.«, schimpfte Mike
weiter.

»Man kann der blöden Kuh nichts recht machen. Diese scheiß aufsässigen Weiber. Mein Vater hatte mich ge-
warnt. Und ich wollte nicht hören. Selbst schuld.«

Mikes Stimme war unterm Reden viel leiser geworden
und sie bekam einen seltsamen Klang. Er lallte beinahe.
Sven blickte sich kurz um, und zählte sechs leere Bierfla-
schen und eine halbe Flasche Schnaps.

»Ach Sven, du bist ein guter Freund.«

Durch seine inzwischen glasigen Augen schielte Mike
zu ihm herüber.

»Die anderen haben sich alle verpisst. Die anderen sind
scheiße. Die sind nur in den guten Zeiten da. Aber du ...«,
er zeigte mit dem Finger auf Sven,

»... du bist ein wahrer Freund.«

Dann brach er ab, kippte etwas zu Seite und war eingeschlafen.

Sven wartete kurz und stand dann auf. Sein Handy vibrierte in seiner Hosentasche. Er zog es kurz heraus und sah, dass es François war. Dann steckte er es, ohne die Nachricht zu lesen, wieder weg und suchte in der Küche nach Lappen und Handtüchern. Er fand sie unter der Spüle fein säuberlich gefaltet und dachte sich nur, dass auch die ganze Hausarbeit an Franziska hängen blieb. Sie tat ihm furchtbar leid. Lautlos schloss er die Schranktür, trat zurück ins Wohnzimmer und warf die Tücher auf das Bier. Und während er sie vollsaugen ließ, nahm er sein Handy wieder zur Hand, um die Nachricht von François zu lesen.

»Ich liebe dich.«

Mehr stand da nicht. Nur diese drei Worte, doch Sven musste sich kurz setzen. In Bruchteilen von Sekunden fuhren seine Gefühle Achterbahn und normalerweise bezweifelte er gern nette Worte in seine Richtung, doch in diesem Augenblick wusste er, dass diese Worte nur für ihn waren. Und dass sie wahr waren. Plötzlich spürte er eine innerliche Hitze. Sein Herz klopfte laut. Wieso hatte er nichts gemerkt? Hatte er sich so täuschen können?

Und als er rüber zu Mike sah, der sabbernd vor sich hin schnaufte, war ihm klar, dass er so einiges nicht gemerkt hatte. Und zwar, dass er nicht mehr hier sein wollte. Schon lange nicht mehr. Er hatte es so satt, seine Abende zwischen Bier und schlechter Laune zu verbringen.

Also stand er auf, brachte seine leere Flasche in die Abstellkammer, ging durch den langen abgeknickten dunklen Flur zur Wohnungstür und erschrak heftig, als er plötzlich ein Geräusch vernahm. Er kam um die Ecke und tastete nach einem Lichtschalter. Eine Gestalt kauerte am Boden und schluchzte leise. Es war Franziska. Sven ging zu ihr, zog sie auf die Füße und nahm sie in den Arm. Er brauchte nicht fragen, wie lange sie da schon gesessen hatte. Lange genug, dass sie alles gehört hatte, wusste er. Denn er fühlte ihre Trauer über das Erkennen, mit wem sie da verheiratet war. Als eine neue Welle sie schüttelte und abebbte, löste sie sich aus der Umarmung, schniefte kurz und sah ihm in die Augen.

»Danke für alles.«, sagte sie leise. Und sie wussten beide, dass dies ein Abschied für immer war.

XI

MIKE

Ein lautes ‚wrumms' ließ Mike hochschrecken.
»Was zur Hölle …«, maulte er schlaftrunken.
Furchtbare Nackenschmerzen machten sich bemerkbar.
Während er sich aufrichtete, fuhr er sich mit der linken
Hand über den Mund. Sein Schädel dröhnte. Es schep-
perte erneut.

»Was ist hier los?!«, bellte er und hielt sich den Kopf. Er
bekam keine Antwort. Sein Blick glitt durch den Raum.
Irgendjemand hatte Lappen und Geschirrtücher auf das
ausgelaufene Bier geworfen. Die Bierflasche lag ruhig auf
dem Parkett, die Öffnung zeigte zur Balkontür. Langsam
dämmerte ihm, dass Sven wohl nicht mehr da war. Es
musste Franziska sein, die diesen Lärm machte.

»Franziska, bist du das?!«, rief er zornig, doch wieder bekam er keine Antwort. Schranktüren und Reißverschlüsse
öffneten und schlossen sich. Mike spürte einen bitteren
Geschmack im Mund, nicht nur vom Bier und Schnaps.
Umständlich schob er den Hocker unter seinen Beinen
weg und kam nur langsam aus dem Sessel hoch. Er war
noch heillos betrunken. Ein leichter Würgereiz gesellte

sich zu seinem brummenden Schädel. Mit behäbigen und hinkenden Schritten ging er zum Schlafzimmer. Die Tür war nur angelehnt. Mit voller Wucht wollte er diese aufstoßen, doch sie prallte nur ganz leise an eine Reisetasche, die dahinter auf dem Boden stand. Gepackt. Randvoll mit ihren Sachen.

»Das ist meine.«, sagte er fast tonlos. Irgendwie begriff er sofort, was hier geschah, doch etwas in ihm wollte es nicht glauben. Oder nicht zulassen, dass es in ihm wirklich ankam.

Franziska wandte sich ihm kurz zu. Schweigend blickten sie sich in die Augen. Mike sah, dass sie furchtbar geweint haben musste. Dunkle Schatten umrahmten die geröteten und geschwollenen Augen. Dann wandte Franziska sich wieder ab und packte weiter. Blusen und Blazer auf Kleiderbügeln lagen auf dem Bett verstreut. Hosen waren fein säuberlich auf dem Stuhl unterm Fenster gefaltet und gestapelt. Der sonst in Weiß gehaltene Raum, hatte in diesem Augenblick unnatürlich viel Farbe.

»Wo willst du hin?«, fragte er überflüssigerweise. Wieder drehte sie sich kurz zu ihm um.

»Sie macht mir das Leben zur Hölle.«, ahmte Franziska ihn nach. Sie spie die Worte vor sich aus. Sie waren voller Gift und Verzweiflung.

»Ach jetzt stell' dich nicht so an.«, blaffte Mike.

»Als ob du noch nie über mich hergezogen hättest. Über den Krüppel, den du als Mann hast.«

Die Worte kamen ihm weicher über die Lippen, als er es vorhatte.

»Du bist zu weit gegangen.«, sagte sie knapp und drehte sich zu dem großen schwarzen Koffer, der aufgeschlagen auf dem Boden lag.

»Ich hab' das alles doch nur für uns getan.«, setzte er nach.

»Für uns.«, wiederholte Franziska schnippisch, ohne aufzuschauen. Das machte ihn wütend.

»Ja für uns!«, sagte er laut. Er konnte schon immer besser mit Wut umgehen als mit Traurigkeit. Mike spürte, wie sein Bein zu pochen begann. Er sollte sich bald setzen.

»Ich habe doch alles getan, damit wir zusammenbleiben können. Wieso reicht dir das denn nicht?!«, hakte er nach. Diesmal noch etwas lauter.

»Du hast alles für uns getan?!«

Fast entgeistert drehte Franziska sich zu ihm und sah ihm direkt in die Augen.

»Seit Jahren tust du gar nichts, außer dich zu bemitleiden.«

»Ach ja?! Und was tust du?! Hast du etwas für uns getan?! Ich habe alles aufgegeben, damit wir zusammen sein können und zum Dank verlässt du mich?! Ist wohl nicht viel geblieben von ‚in guten wie in schlechten Tagen'!«

Mike brach ab, weil er spürte, dass ihm übel wurde. Der Stress tat ihm nicht gut. Er trat einen Schritt ins Schlafzimmer, schloss die Tür und wollte zu Franziska, als es ihm hochkam. Er wandte den Kopf zur Seite und erbrach die Chips und das Bier auf die Reisetasche, die noch hinter der Tür neben ihm stand.

»War eh meine.«, murmelte er, als sein Körper sich beruhigt hatte. Sein Kopf dröhnte. Das Bein schmerzte. Und ihm war schlecht. So eine Scheiße. Mike hob den Kopf und sah, wie Franziska alle Sachen auf einmal in den Koffer stopfte. Dann klappte sie ihn zu, stemmte ihr Knie darauf und zog an dem Reißverschluss.

»Ist das echt dein Ernst?«, fragte Mike in die Stille hinein. Er war irgendwie verwirrt, und ihm war hundeelend, doch sein Kopf klarte etwas auf. Der schlimmste Rausch war abgeklungen.

»Ja. Ich verlasse dich.«, sagte sie leise, ohne aufzuschauen.

»Du kommst doch ohne mich gar nicht klar, du blöde Schlampe!«, herrschte er sie an. Er spürte Demütigung und Scham. Sein Vater durfte nie erfahren, dass er sitzen gelassen wurde. Franziska erwiderte nichts, stellte nur den Koffer auf und blickte kurz umher. Ihre Augen verengten sich kurz, als sie die Reisetasche anblickte, doch sie gab keinen Ton von sich.

»Du bist dir wohl jetzt zu fein als studierte Dame mit einem Bauarbeiter zusammen zu sein!«, versuchte er sie erneut zu einer Reaktion zu bringen, doch Franziska reagierte nicht.

»Du bist so eine Scheißhure.«

Mike warte noch kurz, doch ihr war einfach keine Reaktion zu entlocken. Also ging er aus dem Schlafzimmer, den dunklen Flur entlang zur Küche und öffnete den Kühlschrank. Es war kein kaltes Bier mehr da, verflucht. Er knallte die Tür wieder zu und ging zum Balkon. Drei leere Kisten Bier stapelten sich vor der Brüstung. Daneben standen noch zwei volle Flaschen. Mike seufzte erleichtert. Und als er wieder auf den Teppich ins Wohnzimmer trat und die Balkontür schloss, vernahm er auch ein anderes Klicken. Es war das Schloss der Wohnungstür. Franziska war weg.

X

FRANZISKA

Das Klicken der Wohnungstür im Schloss war ein unbeschreibliches Gefühl. Sie streckte sich kurz, lauschte ihrem pochenden Herzen und stieg dann die Treppe hinab. Ihre Absätze hallten durch die schmalen Flure, doch heute lief sie nicht auf leisen Sohlen. Es konnte ruhig jeder wissen, dass sie dieses Haus verließ. In ihren Ohren rauschte es. Ihr Atem ging stoßweise, so vollgepumpt mit Adrenalin war sie. Bilder flitzten vor ihren Augen hin und her, ohne dass sie diese greifen konnte.

Ihr Auto stand direkt vor dem Haus und erst als sie das Gepäck verstaut, den Wagen gestartet und in die nächste Straße eingebogen war, hatte sie das Gefühl, wieder klarer denken zu können. Sie lenkte den Wagen auf den Parkplatz eines Fastfood-Restaurants und schaltete den Motor ab. Ihre Hände zitterten ein wenig.

Es war nicht viel los um diese Uhrzeit. Die Wolken hingen schwer und dunkel am Himmel und Franziska wusste nicht recht, was sie tun sollte. Sie spürte eine wachsende Erleichterung, aber auch eine beklemmende Angst in sich aufsteigen. An so einem Punkt in ihrem Leben war sie noch nie gewesen. Sie hatte bisher immer gewartet, bis der andere die Beziehung beendet hatte, weil sie nie die Kraft oder den Mut gefunden hatte, sich zu lösen. Irgendwas hatte sie immer zurückgehalten. Ihr war schon klar, dass ihre Mutter nicht das beste Vorbild gewesen war, wenn es um Dinge ging, wie für sich einstehen. Doch erst jetzt sah sie, dass sie es bisher genauso gelebt hatte wie sie. Und irgendwie hatte ihre Mutter ja auch recht. Was, wenn sie keinen Mann mehr fand als geschiedene Frau? Wer wollte denn schon eine wie sie? Sie wusste, dass sie eher der langweilige Typ Frau war. Es gab keine abgefahrenen Hobbys oder Interessen, ihr Leben war völlig grau immer so dahingeplätschert, und nun hatte sie auch noch ihren pflegebedürftigen Mann verlassen. Keine interessante Vita für Datingportale.

Franziska zog den Zigarettenanzünder heraus und begann mit ihm zu spielen. Das tat sie immer, wenn sie nervös war. Und das war sie. Sie hatte nichts mehr. Außer einen großen Koffer und zwei Rucksäcke. Und ihre Kreditkarte, dachte sie bei sich und plötzlich wurde ihr ganz heiß. Die musste sie sofort für Mike sperren lassen. In seinem Zustand traute sie ihm zu, dass er ihr das Konto mit seiner Zweitkarte leerräumte. Sie zog das Handy aus der Tasche und tippte wild darauf herum. Als sie nach wenigen Minuten immer noch nicht wusste, wie sie nur seine Karte sperren konnte, legte sie es wieder weg. Scheiß Technik. Wenn's mal schnell gehen muss, maulte sie in sich hinein. Sie spürte, dass in ihr eine leichte Panik aufstieg. Von der Erleichterung und dem Gefühl, das Richtige getan zu haben, war gerade nichts mehr übrig. In ihr wuchs die Sorge, was denn nun passieren sollte, was sie jetzt machen wollte und sollte. Sie hatte kaum Freunde und der Gedanke war ihr peinlich, sie um einen Unterschlupf zu bitten. Hotel. Ja, das war's. Zumindest fürs Erste. Und Hunger hatte sie auch. Skeptisch blickte sie zu den leuchtenden Lettern hinüber, die grell über dem Eingang des Schnellrestaurants blinkten, doch sie hatte gerade keine Lust, noch großartig umherzufahren und nach etwas anderem zu schauen.

Mit schnellen Schritten überquerte sie den Parkplatz. Am Horizont konnte man die Abenddämmerung erahnen und ihr wurde bewusst, dass ihr Leben heute Morgen, als die Sonne aufgegangen war, ein gänzlich anderes gewesen war. Wolken waren am Himmel entlang geglitten, Menschen zur Arbeit und heim gegangen, Streits wurden mit Küssen beendet und Pläne für ein gemeinsames Leben geschmiedet; doch sie selbst, sie selbst lief mit geducktem Kopf durch den aufkommenden kalten Wind in eine Ungewissheit, die sie fürchtete.

Alles war nun anders, zwischen Sonnenaufgang und Sonnenuntergang. Franziska zog langsam an der schweren Glastür und trat ins Innere. Der Geruch von Pommes und Frittiertem stieg ihr sofort in die Nase und als sie zur Kasse trat, setzte ihr Herz für einen Schlag aus. Ayla!

Nie würde sie Ayla vergessen. Noch heute dachte sie an die Frau, die vor ihren Augen ihr Kopftuch abgelegt hatte. Und sie wusste, dass sie es auch nicht wieder angelegt hatte. Aus der Ferne hatte sie damals den Verlauf ihrer Revisionen verfolgt. Und nach mehr als einem Jahr im Gefängnis, hatte Ayla mit dem Urteil ‚unschuldig‘, ihr altes Leben zurücklassen können.

Ayla schien sie nicht zu erkennen, so dass Franziska zügig bestellte und den letzten Winkel des Lokals aufsuchte, um in Ruhe essen und grübeln zu können. Oft hatte sie an Ayla denken müssen. Sie hatte an diesem, für sie verhängnisvollen, Tag erkannt, dass auch sie eine Form von Kopftuch trug. Sie war alles andere als frei gewesen. Sie war zwar nicht in eine Religion mit engen Regeln und einen Gott hineingeboren worden, doch die Regeln, die ihr in ihrer Beziehung von Mike auferlegt wurden, gaben ihr vor, wie sie sich in ihrer Ehe zu verhalten hatte. Und wenn sie diese Regeln, die Mike als Wünsche betitelte, nicht erfüllte, drohte er mit Verlassen und Verstoßen. Doch als sie damals dann sehr nachdenklich heimgekommen war, war schon alles anders gewesen. Mike hatte diesen Unfall gehabt und über das Thema ‚Kinder‘ war nie wieder ein Wort gefallen. Es war ihr ziemlich schwergefallen, das Studium trotzdem zu beginnen, weil sie sich als egoistisch empfand und sie hatte es auch wieder abgebrochen, doch Mike hatte es ihr immer wieder vorgehalten. In jedem Streit. Es war immer darauf hinausgelaufen, dass er sie als ‚studierte Dame‘ betitelte, die von oben auf ihn herabsah, was einfach nicht stimmte. Nur heute war es zu viel gewesen. Sie konnte nicht mehr.

Zwischen Pommes, Burger und Sprite kam Ayla an ihren Tisch.

»Hallo.«, sagte sie schüchtern zu Franziska.

»Hallo.«, erwiderte sie erfreut und zeigte auf den Stuhl ihr gegenüber. Ayla hatte die Uniform abgelegt und trug eine dunkle schwere Kutte über einem beigen Pullover mit V-Ausschnitt. Es war noch immer lang, dunkel und dicht und zu einem losen Pferdeschwanz zusammengebunden. Ayla setzte sich und sagte ohne Umschweife

»Danke.«

»Danke?«

Franziska war verwirrt.

»Ja. Danke.«, sagte Ayla lächelnd.

»Durch Sie konnte ich mich befreien.«

Franziska verstand nicht, was Ayla meinen könnte und sah scheinbar so verwirrt aus, dass Ayla kurz kicherte.

»Als ich Sie am Tag meine Verurteilung im Transporter gesehen hatte, da wollte ich so sein wie Sie.«

Mit einem Schub schoss Franziska die Röte ins Gesicht.

»Ich wollte genau so frei sein wie Sie.«, fügte Ayla noch hinzu und schaute Franziska erwartungsvoll in die Augen. Diese schlug sie verlegen nieder. Sie war aufgewühlt. Schämte sie sich auf der einen Seite ein wenig, dass sie kein Stück frei gewesen war, wurde ihr gerade klar, dass sie dies nun aber wirklich war. Sie hatte Mike verlassen. Sich aus der furchtbaren Beziehung gelöst. Sie hatte Rückgrat bewiesen und sich nicht einschüchtern lassen. Alles was jetzt kommen würde, wäre besser als die letzten drei Jahre ihres Lebens. Und bei diesen Gedanken, spürte Franziska, dass sich diese Sorge und Ungewissheit von eben wieder auflösten. Sie war frei! Dieses Gefühl flutete sie. Es war ihr in diesem Moment, als öffnete sich in ihr eine Tür, hinter der es keine Furcht und Sorgen gab, sondern nur die Gewissheit, dass sie es geschafft hatte. Sie hat es endlich geschafft Mike zu verlassen. Es war unglaublich fantastisch.

»Ich beneide Sie.«, sagte Franziska, als sie sich innerlich etwas beruhigt hatte.

»Mich?«

Ayla bekam große Augen. Doch sie strahlten, sodass es Franziska einen kleinen Stich versetzte. Franziska fuhr fort

»Sie sind stark. Stehen für sich ein. Haben einen Job. Sprechen so gut Deutsch. Und Sie haben sich nicht unterkriegen lassen.«

Ayla nickte versonnen.

»Die Freiheit kostet Kraft, ...«, erwiderte sie leise und dann lächelte sie noch breiter

»... doch es ist es wert. Ich bin frei.«

Ihr Lächeln entblößte ihre weißen, großen Zähne.

»Dank Ihnen.«, fügte Ayla hinzu.

Und ich nun auch dank dir, dachte Franziska bei sich. Doch sie sprach es nicht aus.

IX

AYLA

Ayla war glücklich. Sie spazierte zum Personaleingang hinaus und streckte ihr Gesicht den ersten Regentropfen des Tages entgegen. Es war schon fast dunkel, die Farben der Stadt waren den Grautönen gewichen. Doch sie fühlte sich so lebendig, so glücklich, so frei, dass sie keine Worte dafür fand. Tief sog sie die Luft in sich hinein und spürte ihren Brustkorb, in dem sich ihre Lunge ausdehnte und wieder zusammenzog. Das pure Leben. Ohne Schläge. Ohne Vorschriften, was sie zu fühlen und zu denken hatte. Sie konnte auf die Straße gehen und sich den Regen auf das Gesicht tropfen lassen, wenn sie es wollte! Sie könnte jetzt ihre Jacke vom Körper reißen und in den Pfützen tanzen, die sich langsam zwischen den Pflastersteinen bildeten, wenn sie sich dafür entschied. Niemand würde sie bestrafen. Kein Gürtel auf ihrem Rücken niedersausen. Es würden sie daheim keine verachtenden Blicke der Tanten und Cousinen erwarten, die mit dunklen Augen, hinter ihren Männern sitzend, durch eine Burka starrten. Nie wieder. Sie riss die Arme auseinander, und drehte sich im Kreis. Und heute hatte sie der Frau danken können, die der Ursprung ihres jetzigen Glücks war. Gerade in der Zeit im Gefängnis hatte sie jeden Tag an diesen Moment gedacht, als sie diese Frau gesehen hatte, und genauso frei sein hatte wollen, wie sie. Ihr Herz bebte noch heute bei dem Gedanken an das Gefühl, als sie ihr Kopftuch abgenommen hatte. Sie hatte es nicht einmal mit aus dem Transporter genommen.

Der Regen wurde stärker und Ayla begann von einer Pfütze in die nächste zu springen. Sie fand sich furchtbar albern, doch es fühlte sich himmlisch an. Wie oft hatte sie während des Regens durch die Gitterstäbe geblickt und sich gewünscht, dass sie da draußen im Regen stehen könne. Und wie oft hatte sie die Jahre davor schon durch die Scheibe geblickt und sich gewünscht, draußen auf der Straße den Regen auf der nackten Haut fühlen zu können. Doch so wie ihre Familie den Islam lebte, war das unmöglich gewesen. Ayla zog ihren Pulli aus. Es fröstelte sie, doch sie wollte ihn spüren. Hier. Sofort. Den Regen auf ihrer Haut. Sie stand unter einer Laterne, breitete die Arme aus und sah, wie sich ihre Härchen vor Frische aufrichteten und der Regen sie wieder schnell auf die Haut presste. Was für ein unglaubliches Gefühl!

So stand sie eine Weile und lächelte vor sich hin. Sie hatte es geschafft. Bald war die Probezeit vorüber und ihre Chefin hatte ganz klar gesagt, dass sie Ayla auf ihrem Weg fördern würde, da sie fleißig, pünktlich und gewissenhaft in ihrer Arbeit war. Hin und wieder traf sie sich mit ihren Kollegen und begann, die Welt kennenzulernen. Wie viele Stunden sie täglich vor dem Fernseher hinter verschlossenen Türen verbracht hatte, konnte sie nicht zählen. Man glaubt, man erfährt etwas über die Welt und das Leben durch den Fernseher. Doch sie wusste jetzt, dass das nur zum Teil stimmte. Denn über sich selbst erfuhr man nichts. Sie hatte mit Filmen und ihrer Fantasie ihre innere Lebendigkeit in Schach gehalten, um sich nicht aus dem Fenster stürzen zu müssen, wusste sie heute. Ohne den Fernseher würde sie nicht mehr leben, doch heute wollte sie nie wieder einen Fernseher in ihrer Wohnung haben. Hingegen las sie alles, was sie in die Hände bekam und ihr Deutsch war inzwischen so gut, dass sie kaum noch ein Wort nachschlagen musste.

Als es ihr langsam zu kalt wurde, zog Ayla den Pullover und die Jacke wieder über und ging quer durch den Park in Richtung der hohen Betonblöcke. Die Wohnung, in der sie heute lebte, war zwar kaum größer als ein Schuhkarton, doch es war ihr Reich. Es gehörte ihr allein und sie konnte es aus eigener Kraft finanzieren.

In dem Laternenlicht erkannte sie, dass heute kaum Obdachlose auf den Bänken schliefen. Es war Ayla, als ob sie ihre Wettervorhersage waren. Sie wusste jetzt, dass es heute wohl nicht mehr aufhören würde zu regnen. Wenn es so kalt und nass wie heute war, wusste sie, dass die Menschen in Häusereingänge flüchteten, um es trocken zu haben. Es war keine glückliche Gegend hier, überlegte sie nicht zum ersten Mal. Und auch dachte sie bei sich, dass sie wohl der einzige Mensch in dieser Siedlung war, der zufrieden und glücklich war, obwohl die Wände nur aus Papier zu sein schienen und die Räume so eng waren, dass man mit ausgestreckten Armen gleichzeitig die gegenüberliegenden Wände rechts und links in den Händen hielt.

Völlig durchnässt erreichte sie ihre Straße und zählte fünf Obdachlose in drei Häusereingängen liegen. Sie rührten sich nicht, als sie vorbeiging. Als sie an der Nummer 14 ankam, erkannte Ayla, dass ein Mensch, unter viele Decken gehüllt, quer vor der Tür lag. Er füllte fast den ganzen Eingang aus.

»Entschuldigung …«, sagte sie vorsichtig, doch die Gestalt regte sich nicht.

»Entschuldigung«, wiederholte sie etwas lauter, doch es blieb dabei. Nichts geschah. Sie sah, dass es hinter dem Menschen noch etwa ein halber Meter zur Tür war. Also setzte sie kurz zurück, nahm Anlauf und sprang über ihn oder sie hinüber, und landete unsanft knapp vor der Tür. Sie spürte, dass sie umgeknickt war. Mist. Sie stellte sich auf das rechte Bein und ließ den linken Knöchel etwas kreisen. Er schmerzte. Und trotzdem war in ihr ein solches Mitgefühl für diesen Menschen hier vor ihr, dass sie nicht anders konnte und die gesparten zwanzig Euro aus ihrer Tasche nahm und den Schein vorsichtig unter die Decke schob. Ihr erster Kinobesuch konnte noch etwas warten.

VIII

JAKOB

Als er am Morgen erwachte, schmerzte sein Rücken höllisch. Es war noch nicht ganz hell, doch er musste verschwinden. Zwei Hausbewohner hatten ihn schon angepöbelt, was er denn hier herumliege. Doch wo sollte er denn sonst hin?! Idioten! Wenigstens hatte es aufgehört zu regnen. Mit routinierten Griffen rollte er seine Decken zusammen und stapelte sie übereinander. Sie stanken fürchterlich, doch so hielt er sich die Konkurrenz vom Leib, wenn es um die besten Bänke ging. Als er sie zusammengebunden und die Plastikplane zusammengerollt hatte, sah er im Augenwinkel ein Stück Papier. Er griff danach und hielt es hoch. Zwanzig Euro! Boah, was für ein Morgen, grunzte er in sich hinein. Das wäre eine Line Koks gewesen.

Es war jetzt über ein Jahr her, dass er Geld für Kokain gehabt hatte, doch noch immer bewertete er alles in Lines. Wie die Menschen damals alles von Euro noch in Mark umgerechnet hatten. Bei ihm war die Währung eine Nase Rausch. Etwas in ihm konnte sein früheres Leben nicht loslassen, obwohl er wusste, dass es nie wieder zurückkommen würde. Nie wieder. Es war ja nicht so, dass er wirklich glücklich gewesen war, aber er hatte Geld gehabt. Geld gehabt, um so sein Elend zu vergessen. Dann machte man mal einen kleinen Fehler, vertauschte ein einziges Mal zwei lateinische Begriffe und schon war alles vorbei. Durch seine Aussage als renommierter Rechtsmediziner, war eine Frau unschuldig ins Gefängnis gekommen. In der Revision wurde die Verwechslung, sein Fehler, ans Tageslicht gebracht und vorbei war es mit der Karriere. Ein Fehler. Und dann so ein Aufstand deswegen. So ein Pack! Der Gedanke machte ihn schon wieder so wütend, dass er den Geldschein in die Hose steckte, mit seinem wenigen Hab und Gut aufstand und losging. Laufen war das Einzige, was ihm einigermaßen half, wenn diese Wut in ihm anschwoll. Er lief quer über die Straße, zeigte den bremsenden hupenden Autofahrern den Mittelfinger und durchquerte den Park. Er war leer. Bis jetzt gab es noch keine besetzte Bank, aber die waren auch noch klitschnass vom Regen.

Einzelne Menschen hetzten mit Taschen und Rucksäcken an ihm vorbei Richtung Innenstadt und kleine blöde Rotzgören mit ihren riesigen, abartig hässlichen Ranzen gingen laut schwatzend zur Schule. Es war also doch schon später als er gedacht hatte, ging es ihm auf. Seine goldene Rolex hatte er als letztes zum Pfandleiher gebracht, um noch ein paar Räusche erleben zu können, bevor er der Realität so gar nicht mehr entfliehen konnte. Nach der Sache damals hatte er den Job verloren und der Typ vom Amt hatte ihn kopfschüttelnd angeschaut, als er darauf beharrt hatte, dass sie ihm vorübergehend seine

Bude weiterbezahlen sollten. Diese hässlichen Sackgesichter schoben jedem das Geld in den Arsch, doch wegen der paar Monate machten sie so einen Aufstand. Sie hatten ihm frech eine Sozialwohnung angeboten.

»Was glaubt ihr eigentlich wer ihr seid? Lieber bin ich obdachlos.«, hatte er den Sacharbeiter angebrüllt und war Türe knallend hinausausgelaufen. Man sollte auf seine Wortwahl achten, dachte Jakob nicht zum ersten Mal und sah, dass seine Lieblingsbank, versteckt zwischen zwei ausladenden Büschen noch frei war. Sein Schritt beschleunigte sich.

Doch er war zu stolz und zu stur gewesen, noch einmal zum Amt zu gehen. Niemals würde er angekrochen kommen, lieber hatte er nichts, als ihnen so eine Genugtuung zu geben, dass er sich in den Staub warf. Niemand würde das schaffen. Niemand. Jakob spürte, dass seine Zähne fest aufeinandergepresst waren, denn sein Kiefer schmerzte.

Er erreichte seine Bank und rollte seine Plastikplane darauf aus. Dann kamen die Decken, das Kissen und fertig. Was brauchte man schon, dachte er bei sich, setzte sich auf die Bank und wickelte sich vorher noch eine Decke um die Hüfte.

Es war inzwischen hell und Jakob sah, dass es ein sonniger Tag werden würde. Ein leichter Wind blies die letzten Wassertropfen von den Blättern und er atmete tief ein. So blöd das alles auch war, der Morgen war das Beste in seinem Leben. Er zog den Geldschein wieder aus der Tasche und hielt ihn gegen die Sonne. Der Schein war echt. Vier bis fünf Tage würde das reichen. Das war nicht schlecht. Plötzlich rissen ihn quietschende Reifen aus den Gedanken.

Eine Schar Halbstarker, mit schwarzen Rucksäcken und lächerlichen Helmen, kam vor ihm zum Stehen.

»Hey Opa.«, rief der Vorderste.

»Was hast 'n da?«

Es klang angriffslustig. Die Konturen seines Gesichtes kamen Jakob vage bekannt vor, doch er wusste, dass ihm nicht einfallen würde, woher er ihn kannte. Schnell steckte er den Schein wieder ein und schaute weg. Doch der Junge ließ sich nicht abwimmeln.

»Ich hab' dich was gefragt.«, sagte er lauter als zuvor. Wie auf Kommando stiegen alle fünf Jungs gleichzeitig von ihren Rädern und ließen sie achtlos in den Matsch fallen.

»Verpiss' dich du kleiner Penner.«, gab Jakob zurück und fixierte den Buben mit seinen Augen, der inzwischen ganz nah vor ihm stand. Der schien kurz überrascht, doch der Widerstand, der sich ihm gegenüber auftat, schien ihn anzustacheln. Dann zog der Junge ein kleines Klappmesser hervor und wedelte damit vor Jakob herum.

»Weißt du, wie gut ich damit umgehen kann?«, grinste er gefährlich. Jakob sah aus dem Augenwinkel, dass die anderen Vier bei den Worten kurz aufschreckten. Und wieder regte sich etwas in seinem Unterbewusstsein, doch er bekam es nicht zusammen.

»Schleich' dich, du kleine Wurst,«, knurrte Jakob schließlich. Es reichte ihm jetzt mit dem Idioten. Doch ehe er ihn weiter beleidigen konnte, war der Junge mit einem Satz über die Bank gesprungen und plötzlich spürte Jakob die Messerklinge am Hals.

VII

MAXIMILIAN

Er hielt dem Obdachlosen seine scharfe Klinge an den Hals. Das Blut pulsierte in seinen Ohren. Dieses Gefühl. Es törnte ihn so an. Er blickte über den Kopf des stinkenden Mannes. Seine Kumpels hatten die Augen weit aufgerissen, aber sie sagten nichts. Natürlich nicht. Sie waren solche Schlappschwänze. Wenn sie wissen würden, wie es sich anfühlte, würden sie sich nicht so in die Hosen scheißen. Es gab kein besseres Gefühl. Das Einzige, was ihn mittlerweile nach ihren kleinen Raubzügen wirklich nervte, waren die Albträume und diese komischen Schuldgefühle, die immer mehr wurden.

Das Entsetzen über den Unfall damals, als die Klinge seinem Bruder in den Hals gedrungen war, war groß gewesen. Heute noch sah er seine Mutter deswegen heulen. Doch so furchtbar das auch alles sein sollte und wohl auch war, für ihn hatte es nur Vorteile mit sich gebracht. Klar hatte man ihn zum Arzt, zur Therapie, und zum Sozialarbeiter geschleppt, doch das halbe Jahr in der Kinder- und Jugendpsychiatrie war super cool gewesen. Er hatte schnell gelernt, was man sagen musste, um gut durchzukommen, die Schule da war lächerlich einfach und wenig gewesen und der Stress mit seinen Eltern hatte von einem auf den anderen Tag einfach aufgehört. Kein Druck mehr und kein großer Bruder, der ihn runterdrückte. Jetzt war er der King.

»Also wird's bald.«, flüsterte Maximilian dem Alten ins Ohr und drückte die Klinge etwas fester gegen die Haut.

Der rührte sich endlich und zog den Schein aus der Tasche. Blitzschnell hatte Maximilian ihn einkassiert und sprang wieder auf die andere Seite der Bank. Mit der Rechten zog er sein Bike hoch, schwang sich darauf und fuhr los, ohne auf die anderen zu warten. Sie würden schon kommen. Er hatte sie im Griff.

Maximilian nahm jede Pfütze mit, die er sah und amüsierte sich köstlich, wenn er jemanden mit dem aufspritzenden Wasser erwischte. Wie erwartet, hatten seine Jungs aufgeholt und gemeinsam gingen sie durch die große Flügeltür in die Schule. Immer wieder dachte Maximilian, wie geil es hier eigentlich war. Auf seinem Gymnasium früher war es so behindert gewesen. Die Mitschüler waren Idioten gewesen und die Lehrer hatten immer so einen Stress gemacht. Hier war alles anders. Hier waren die Lehrer froh, wenn man einen grammatikalisch richtigen Satz herausbekam. Er selbst schrieb mit Absicht Dreier und Vierer, es sollte keiner wissen, dass die allesamt zu dumm für ihn waren.

Der Tag war wie die anderen. Maximilian zockte ein paar Kids ab, randalierte in der Kantine, aber so überschaubar, dass keine Disziplinarstrafe verhängt werden würde und chillte mit seinen Jungs und Zigaretten auf dem Klo.

Also ging Maximilian gut gelaunt in den Nachmittag. Sie hatten sich zu Beginn des Schuljahres zu Workshops eintragen müssen. Nichts von all den Angeboten hatte ihn interessiert, so hatte er seine Wahl nach den Fotos der Workshopleiter aussuchen müssen. Und die eine hübsche Journalistin war es dann gewesen. Sie wollte den Kindern das kreative Schreiben näherbringen. Ein aussichtsloses Unterfangen natürlich, aber ihr Hintern war es wert, ein paar Worte auf Papier zu kritzeln. Er setzte sich im Raum wie immer ganz hinten ins Eck. Frau Weber hatte es inzwischen aufgegeben, ihn in eine vordere Reihe ‚einzuladen'.

Die letzten Schüler schlurften herein, als sie zu schwafeln begann. Maximilian wusste, dass er immer einen kleinen Text schreiben und abgeben musste, weil die Veranstaltung sonst als ‚nicht bestanden' galt.

Heute sah sie ziemlich heiß aus, dachte Maximilian bei sich. Mit 16 Jahren fühlte er sich schon als richtiger Mann und hatte sogar hin und wieder Fantasien mit ihr. Heute trug sie eine enge blaue Jeans, das blonde Haar streng zusammengebunden und der weite große Pullover hatte fast das gleiche Grün, wie ihre Augen. Heiß. Sie klappte die Tafel auf und da stand das Thema der Woche

‚Der Tag, an dem sich alles veränderte'

Maximilian spürte einen Kloß im Hals. Komische Gefühle tauchten in ihm auf.

»Ich will, dass ihr einen kleinen Text schreibt. Einen mit wenig Worten, aber viel Inhalt. Schaut in euch selbst und fangt einfach an zu schreiben. Schreibt über den Tag in eurem Leben, an dem sich etwas für immer verändert hat.«

Frau Weber sprach ruhig und besonnen. Sie war so nett und freundlich, dass Maximilian ihr nicht sagen konnte, dass sie sich ihren Scheiß sonst wohin stecken konnte. Er steckte in der Klemme. Die anderen begannen schon zu schreiben, nur er saß schweißgebadet vor seinem leeren Blatt Papier.

Frau Weber schien zu bemerken, dass mit ihm etwas nicht stimmte und wollte gerade etwas zu ihm sagen, als er schnell nach dem Stift griff und anfing zu schreiben. Und er schrieb alles über ihn auf. Über den Tag, der alles für ihn verändert hatte. In einem Atemzug. Ohne abzusetzen.

VI

SINA

Sina sammelte seltsam erregt die Blätter der Schüler ein. Vielleicht war sie endlich am Ziel. Seit zwei Jahren setze sie alles daran, einen großen Bericht über Maximilian zu schreiben. Peu à peu hatte sie sich herangearbeitet, alle Akten studiert, zu denen sie Zugang gefunden hatte und als ihr die Idee mit der Workshopleitung hier in seiner Schule gekommen war, hatte sie sich ihrem Ziel so nah gefühlt. Doch die Enttäuschung war erst einmal groß gewesen. Es war nicht verpflichtend, sich bei ihr einzutragen, und sie hatte schon unterschrieben und zugesagt. Umso größer war ihre Begeisterung dann gewesen, als er sich tatsächlich für ihren Workshop eingeschrieben hatte. Aber er war ein zäher Bursche. Er ließ nichts raus und seine Texte waren zwar gut geschrieben, doch man konnte nichts darin fühlen.

Das heutige Thema sah sie als so etwas wie die letzte Chance, etwas über ihn zu erfahren. An ihn heranzukommen. Sie war fast besessen davon. Von ihm. Sie selbst war an dem Tag vor drei Jahren dabei gewesen, als der Mann die Frau mit dem Messer bedroht hatte. Und als sie dann in der Zeitung von Maximilian gelesen hatte, was in einem Leben aus so einem Moment heraus entstanden war, so eine Tragödie, konnte sie nicht aufhören daran zu denken. Und sie wollte alles wissen.

Mit ruhigen Schritten ging sie durch die Reihen, obwohl sie am liebsten in die letzte Reihe gestürzt wäre. Maximilian warf gerade seinen Stift in den Rucksack und stand auf. Ihre Blicke trafen sich nur kurz, dann schob er sich an ihr vorbei und verschwand. Mit zitternden Händen griff sie nach seinem Papier. Sie zitterte vor purer Erregung.

Erst letzte Woche hatte sie es geschafft, an seine Schulakte zu kommen. Da waren sogar Kopien der Briefe aus der Psychiatrie und Testungen drin gewesen. Und wenn er das Thema heute etwas mit Ernsthaftigkeit bearbeitet hatte, hätte sie einen Aufhänger für ihren Artikel. Es gab schon mehrere Angebote dafür. Der Artikel würde bahnbrechend sein. ‚Die innere Welt des Brudermörders', würde er heißen.

Sina sah sich um und erkannte, dass sie allein war. Kamen die Schüler im Schneckentempo zu Beginn herein, waren sie am Ende umso schneller wieder draußen.

Sie konnte es kaum erwarten, Maximilians Text zu lesen, denn sie spürte, dass etwas von ihm darinstand. Sie hatte seine Verwirrung und Überforderung gesehen, als er das Thema der Stunde begriffen hatte und als er dann den Stift nicht mehr abgesetzt hatte, wusste sie instinktiv, dass sie etwas von ihm bekommen würde. Von seinem Innersten. Die eingesammelten Blätter schob sie akkurat in die Mappe, Maximilians lag obendrauf. Dann zog sie ihr Handy heraus und tippte eine Nachricht an Rainer.

»Ich glaub ich hab' was.«

Rainer unterstützte sie so gut es ging. Vor zwei Jahren, nach einem Jahr der Trennung, waren sie wieder zusammengekommen. Er hatte sich auch richtig ins Zeug gelegt. So oft Blumen, Reden und Versprechungen. Und es hatte sich auch etwas geändert, er nahm sich zurück und sie fühlte sich nicht mehr so kontrolliert und beobachtet. Deshalb war sie dann auch vor einem Jahr mit ihm zusammengezogen. Mit allem, was dazu gehörte, gemeinsames Konto, gemeinsame Versicherungen und gemeinsame Verträge. Sina hätte es nicht für möglich gehalten, dass sie je so etwas tun würde.

Draußen wurde es langsam dunkel, als sie mit dem Aufräumen und Nacharbeiten der Stunde fertig war und es wirkte, als seien die Straßen noch immer nass von letzter Nacht. Es waren kaum noch Schüler da. Einige lungerten noch in den Ecken, manche warteten auf ihre Eltern, doch im Großen und Ganzen war es ruhig. Sie genoss diese Momente in der Großstadt, es war wie ein Ausatmen, wenn die Menschen am Abend in ihre Häuser und Wohnungen strömten. Dieser Moment war anders als der Rest des Tages. Die Hektik der Menschen war auch anders als am restlichen Tag. Es war nur ein Drängen nach Hause. Ganz rein und einfach.

Sina nahm ihren Helm und startete ihren Roller. Es war nicht weit bis zu Rainers Wohnung. Er selbst war gerade wieder in Moskau, was ihr nicht ungelegen kam.

Irgendwie war sie immer froh, wenn er dort war. Er schien da so viel Applaus für seine Arbeit und Vorträge zu bekommen, dass er nicht andauernd von ihr hören brauchte, wie toll er war.

Nachdem sie sich einen Kakao gemacht hatte, zog sie endlich Maximilians Arbeit heraus. Die Vorfreude war himmlisch gewesen.

Ihr Handy brummte.

»Wo bist du?«, las sie auf dem Display. Innerlich verdrehte sie die Augen. Rainer konnte es einfach nicht lassen. Doch heute hatte sie zu gute Laune, so dass sie sich von nichts stressen lassen wollte. Deshalb antwortete sie sofort

»Daheim. Melde mich nachher. Ich bin ganz nah dran.«

Dann stellte sie das Handy auf stumm. Das leichte Vibrieren der schleudernden Waschmaschine des Nachbarn über ihr verstummte. Es war, als ob alles um sie herum plötzlich verstummte, als sie sich tief in den Sessel drückte und Maximilians Blatt anblickte. In ihren Ohren rauschte es. Dann begann sie zu lesen:

‚Der Tag, der mein ganzes Leben veränderte‘
 – von Maximilian

‚Es war mein vierter Geburtstag. Ich erinnere mich genau. Nichts war so wie es sein sollte. Meine Eltern hatten meine Feier abgesagt. Meine Freunde mussten zu Hause bleiben und ich musste mit meinem Vater und meinem großen Bruder ins Krankenhaus fahren. Ich erinnere mich, dass

der Geruch scheußlich dort war. Und dass ich mich fürchtete. Ich weiß nicht warum. Wir drei liefen den Gang entlang. Ich glaube, er war weiß. Oder grün. Egal. Mein Vater
ging schnell, ich musste rennen. Ich rannte hinter meinem
großen Bruder und meinem Vater her. Plötzlich stoppten
die beiden. Ohne ein Wort. Ich lief meinem Bruder in den
Rücken. Er drehte sich um und schubste mich gegen die
Wand. Mein Kopf knallte dagegen. Ich muss kurz weg gewesen sein, denn ich saß so halb auf dem Boden plötzlich.
Mein Kopf tat weh. Mein T-Shirt war nass und rot. Ich
blutete am Kopf. Doch keinen interessierte es. Mein Vater
und mein Bruder standen um eine Frau herum, ich glaube
eine Krankenschwester. Sie hielt meinen neuen Bruder im
Arm. Er sah sehr winzig aus. Der Tag veränderte alles. Ab
da war ich unsichtbar.'

Sina legte das Blatt weg und trank den Kakao aus. Eine
furchtbare Enttäuschung machte sich ihn ihr breit. Sie
hatte so sehr gehofft, dass er etwas über den Mord geschrieben hatte. Hatte er aber nicht. Es stand irgendein
Mist drin. Sie wusste nicht wohin mit sich. Alles war umsonst gewesen. Und wieder stand sie zum unzähligsten
Mal am gleichen Punkt in ihrem Leben. Sie konnte nicht
liefern. Kurz vor dem großen Durchbruch kam immer etwas dazwischen oder die Story löste sich in Luft auf. Es
war immer dasselbe. Und jedes Mal machte sie sich wieder
Hoffnungen, dass diesmal alles anders sei. Doch war es
nicht. Und würde es nicht sein. Das verstand sie jetzt. Es
gab eben Menschen, die es schafften, und Menschen, die
es nicht schafften. Und zu den Letzteren gehörte sie.

V

RAINER

Die Hotellobby war groß und kalt. Ärgerlich! Es gab nur drei dunkelbraune abgewetzte Sofas mit Beistelltisch und Sessel, und fünf graue Tische mit passenden Stühlen und Kissen. Kein Bild schmückte die Halle. Obwohl er jetzt nun seit so vielen Jahren nach Moskau eingeladen wurde und sein Publikum inzwischen immer über 500 Zuhörer zählte, bekam er jedes Mal eine andere Klitsche zugewiesen. Rainer saß auf einem der abgesessenen Sofas und tippte auf ,Standortsuche'. Immer wieder erfreute er sich über die Möglichkeiten der heutigen Technik. Sina hatte die Wahrheit gesagt, murmelte er in sich hinein und nickte. Sie war daheim.

Dann checkte er ihre E-Mails. Es war nichts Besonderes dabei. Er war etwas enttäuscht und gleichzeitig beruhigt darüber. Sie war zu glatt für seinen Geschmack. Sie gab ihm wenig Angriffsfläche. Aber naja. Solange ihm nichts Besseres über den Weg lief, würde er sie wohl behalten.

Als sein Telefon in dem Moment läutete und er ihre Nummer sah, verdrehte er die Augen, doch er musste noch etwas Zeit totschlagen und vielleicht hatte sie ausnahmsweise ja mal etwas Interessantes zu erzählen.

»Ja?«

»Hey Schatz. Hast du meine SMS vorhin bekommen wegen Maximilian?«

Rainer dachte kurz nach, während es ihn schüttelte. Nicht schon wieder dieser Mist. Sie würde das doch sowieso nicht hinbekommen, also was sollte der ganze Aufwand.

»Ja klar. Und?«, säuselte er honigsüß und beobachtete durch die große Frontscheibe eine rassige Schönheit, die mit zwei Einkaufstüten am Hotel vorbei ging. Sie würde ihm gut gefallen mit ihren hohen, schwarzen Absatzschuhen, dem langen grauen Mantel und der eleganten Hochsteckfrisur.

»Es war alles umsonst.«, winselte Sina jämmerlich. Hätte ich dir auch gleich sagen können, dachte er gelangweilt. Rainer hörte, wie sie anfing zu weinen. Er seufzte lautlos. Wäre er bloß nicht ans Telefon gegangen. Dann hätte er jetzt der Frau noch etwas hinterher gehen können. Mist.

»Nicht weinen, Schatz.«, sagte er, drehte sich um und signalisierte dem Hotelpagen, dass er einen Drink haben wollte. Der schien etwas verwirrt, nestelte an seiner Kopfbedeckung und kam herüber.

»Drinks gibt's da drüben an der Bar, Sir. Nicht hier.«, sprach der Kleine in gebrochenem Englisch. Rainer winkte ab und sagte nur

»Einen Whisky ohne Eis.«

Dann wandte er sich wieder ab, das Handy noch immer am Ohr und blickte wieder durch die Scheibe auf die Straße. Er spürte, dass der Junge etwas verwirrt war, aber der machte sich nach kurzem Zögern trotzdem auf den Weg.

»Schatz, bist du noch dran?«, quäkte Sina in sein Ohr.

»Natürlich meine Schöne.«, hüstelte er und gähnte leise.

»Was soll ich denn jetzt machen?«, heulte sie und Rainer war kurz davor Verbindungsprobleme vorzutäuschen und aufzulegen.

»Dich erst einmal beruhigen. Dich hinsetzen und atmen. So wie ich es dir beigebracht habe.«

Rainer machte eine kurze Pause. Sina schien sich etwas zu beruhigen.

»Und jetzt erzähle mir, was passiert ist.«

Es kostete ihn Mühe ins Telefon zu heucheln, doch es war ihm klar, dass er sich ihr Zeug früher oder später sowieso anhören musste, also dann lieber jetzt. Dann hatte er es hinter sich. Unangenehme Dinge sollte man gleich regeln.

Sina begann zu schwatzen und er legte kurz das Handy weg, um einen Geldschein herauszuholen, denn er sah, dass der kleine Hotelpage mit dem Whisky auf ihn zukam. Rainer nahm ihm das Getränk aus der Hand, reichte ihm den Schein und winkte ihn mit der Linken fort. Dann nahm er wieder das Handy ans Ohr.

»Was sagst du dazu?«, fragte Sina in diesem Augenblick.

»Furchtbar.«, antwortete er und nahm einen Schluck Whisky.

»Was soll ich jetzt tun?«, weinte sie in den Hörer.

»Was würdest du denn gerne tun?«, gab er die Frage zurück. Das machte er oft bei seinen Patienten, wenn er unterm Erzählen mit den Gedanken abgeschweift war. Es war aber auch oft zu langweilig, was sie erzählten. Bei diesem Gedanken musste er wieder gähnen.

»Ich weiß es nicht. Ich würde gern alles hinschmeißen, doch dann wirft mich Thorsten endgültig raus, wenn ich wieder nicht liefere.«

Rainer sah, dass draußen die ersten Regentropfen auf den Asphalt fielen. Das nervte ihn tierisch. Er hasste Regen. Da fiel sein mit Mühe geföhntes dünnes Haar sofort zusammen und er sah dann scheußlich aus.

»Was würde denn dafürsprechen, noch etwas weiterzumachen?«, fragte er schließlich.

Kurze Pause. Dann hörte er, wie Sina Luft holte, aber wohl weiter nachzudenken schien. Er wollte nicht, dass sie alles aufgab, egal ob sie es sowieso nicht schaffen würde. Denn er hatte keine Lust, sich die nächsten Wochen ihr Geheule anzuhören. Schließlich war er gerade auf dem Weg zurück nach München. Sie sollte warten, bis er wieder auf einen Vortrag musste in zwei Monaten, um sich in ihrem Elend zu suhlen. Und außerdem, wenn sie jetzt alles hinwarf, gab es wieder wochenlang keinen Sex. Darauf hatte er gar keine Lust.

»Naja,«, schniefte sie.

»… dafürsprechen würde, dass er vielleicht doch noch etwas schreibt, wenn ich Glück habe.«

»Na schau.«, gab er schnell zurück,

»Du könntest dir ein Limit setzen. Sagen wir zwei Monate. Wenn er in der Zeit nichts mehr schreibt, hörst du auf. Und bis dahin gibst du weiterhin dein Bestes.«

Durch die Scheibe sah er, dass sein Fahrer vorfuhr. Im letzten Jahr hatte er endlich durchgesetzt, dass ihn ein Auto vom Flughafen abholte und wieder hinbrachte.

»Vielleicht sollte ich das so machen.«, sagte Sina leise. Dafür werde ich schon sorgen, dachte Rainer und sagte

»Ich muss. Mein Fahrer ist da.«

Ohne eine Reaktion oder ein Wort des Abschiedes abzuwarten, unterbrach Rainer einfach das Gespräch, trank sein Glas aus und winkte wieder nach dem kleinen Pagen.

»Mein Gepäck in den schwarzen Wagen da.«, sagte er schnell und schroff. Dann ging er zügig zum Ausgang. Er wollte unbedingt vor der schönen Russin mit dem Pelzkragen, die er eben durch die Scheibe gesehen hatte, da sein. Sie sollte sehen, dass er in die schwarze BMW-Limousine stieg. Als er fast am Ausgang war, begann er zu rennen, denn er sah, dass die Frau das Auto schon fast erreicht hatte. Die automatische Glastür öffnete sich und er lief hinaus. Doch er sah die Frau nicht, die von der anderen Seite kam. Die Frau, mit dem großen Kuchen in der Hand, die auf dem Gehsteig entlangkam.

IV

KATHARINA

Katharina sah ihn nicht kommen. Wie aus dem Nichts tauchte dieser Mann auf und rannte einfach in sie hinein. In sie und ihre nicht eingepackte Torte, die sie mit ihrer rechten Hand balanciert hatte. Benommen vor Schreck und Wucht, verloren beide den Halt und stürzten zu Boden. Sie spürte, dass ihr Knöchel nach außen wegknickte und etwas darin zerriss. Sie griff instinktiv nach ihrem Fuß und spürte, wie der Schmerz sich das Bein hinaufarbeitete. Durch den aufsteigenden Tränenschleier sah sie, wie aus den wenigen Regentropfen, die eben noch aus den Wolken gefallen waren, ein Regenguss geworden war und das weiße Marzipan der Torte in die Ritzen trieb.

»Sind Sie blind?«, brüllte der Mann in gebrochenem Russisch und kam auf die Beine. Er blickte von oben nach unten an sich hinab und fluchte in einer fremden Sprache so laut und heftig vor sich hin, dass die eben noch kichernden Zuschauer das Weite suchten. Der Mann schien sich nicht zu beruhigen. Schreiend warf er die Arme in die Luft, er war völlig außer sich. Katharina spürte, wie ihr Knöchel pochte. Sie biss die Zähne zusammen und versuchte auf die Beine zu kommen, doch der Schmerz war so stark, dass sie nicht auftreten konnte und wieder auf den nassen Gehweg kippte. Sie stöhnte. Aus dem Augenwinkel sah sie den Chauffeur eines schwarzen Wagens auf sie zu eilen.

»Es geht schon.«, versuchte sie ihn abzuwehren, als er sie erreicht hatte, hinter sie getreten war und sie unter den Armen gegriffen hatte, doch er ließ sich nicht abweisen. Er zog sie auf die Beine, als ob sie keine hundert Kilogramm wiegen würde. Er stützte sie und da stand sie nun. Auf einem Bein, mit verschmiertem Make-up in verschmutzten Kleidern. Mitten in Moskau. Im strömenden Regen. Gehalten von einem wunderbaren Mann, der so stark und fürsorglich war, dass ihr ganz schwindelig wurde. Als sie sich wieder etwas gesammelt hatte, sah sie, dass der Mann, mit dem sie eben zusammengestoßen war, noch immer fürchterlich schrie. Ein Hotelpage schien sein Gepäck gebracht zu haben, doch war ihm das wohl nicht recht. Er schubste den jungen Mann fast vor sich her zurück ins Hotel und als sich die Glastür hinter ihm schloss, verstummte auch der Himmel. Es hörte auf zu regnen. Etwas verwirrt blickte Katharina nach oben und der Chauffeur, der sie noch immer hielt, lachte auf.

»Hoffen wir, dass er noch eine Weile im Hotel bleibt.«

Katharina lachte und blickte dem älteren grauhaarigen Mann, mit der speckigen schwarzen Ledermütze in die Augen. Alles kribbelte in ihr. Doch als ihr klar wurde, was sie für ein Anblick sein musste, versuchte sie sich erneut loszumachen. Etwas zu rasch versuchte sie, sich aus dem Griff zu winden, trat auf den kaputten Fuß und schrie auf, während sie das Gleichgewicht verlor. Doch wieder reagierte der Mann neben ihr und fing sie auf, bevor sie erneut auf dem harten Asphalt landete.

Behutsam stellte er Katharina auf das gesunde Bein und lächelte

»Wie oft wollen wir das jetzt noch wiederholen, bevor sie sich helfen lassen?«

»Ich sehe furchtbar aus.«, stammelte sie verzweifelt, ohne auf seine Frage zu antworten und der Mann lachte laut auf. Nie zuvor hatte sie so ein schönes Lachen gehört.

»Sie sehen ganz reizend aus. Wetlook ist wieder voll modern.«, gab er noch immer lachend zurück. Katharina hatte immer geglaubt, dass es magische Begegnungen nur in Filmen gab und vor allem, dass solche Dinge nur schönen Mädchen passierten, doch sie fühlte genau, dass ihr das eben wirklich widerfuhr. Liebe auf den ersten Blick. Durch diese Erkenntnis wie benommen, gab sie ihren inneren Widerstand auf und ließ sich von ihm zum Wagen führen. Sie sparte sich den Hinweis, dass sie seine Polster ruinieren würde und ließ sich einfach auf dem Beifahrersitz nieder. Behutsam schloss er von außen die Tür, lief um den Wagen und setzte sich neben sie. In der kurzen Stille glaubte sie, ihre beiden Herzen im gleichen Takt schlagen zu hören. Reiß' dich zusammen, mahnte sie sich.

»Wohin?«, fragte er knapp und lächelte schief. Unter seiner schwarzen Mütze quoll dichtes kurzes Haar hervor.

»Ich muss ganz schnell heim, ich bin schon viel zu spät.«

Katharina sah bei den Worten besorgt auf die Uhr. Der Mann sagte nichts, nickte, ließ sich den Straßennamen nennen und startete den Motor. Mit waghalsigen Manövern fuhr er durch die Stadt. Kreuzung um Kreuzung. Der Verkehr war dicht. Hupende Autos. Rote Ampeln. Trotzdem kamen sie gut vorwärts, bis sie in die vorletzte Straße einbogen. Da stand alles still. Die Autos hinter ihnen fuhren so schnell auf, dass sie nicht mehr wenden konnten. Maja würde ihren Flug verpassen, erkannte Katharina, als sie erneut auf die Uhr sah. Sie seufzte.

»So schlimm?«, fragte der Mann und holte Katharina aus ihren Gedanken.

»Ich glaube schon.«, sagte sie leise und massierte ihren Oberschenkel. Der Schmerz pochte inzwischen in ihrem ganzen Bein.

»Meine Mitbewohnerin wartet auf mich. Sie wollte heute nach Amerika fliegen. Ein neues Leben beginnen. Ich fürchte, das wird nun nichts.«

»Wieso nicht?«

Der Mann hatte den Motor inzwischen ausgeschaltet. Kein Rad drehte sich mehr in dieser Straße.

»Weil ich ihren Pass habe.«, sagte Katharina und schlug die Hände vors Gesicht. Verschmiertes Make-up, verschmutzte Sachen, kaputter Fuß, ihre Tränen sollte er nicht auch noch sehen.

»Ich heiße Boris.«

Er sah sie direkt an, so dass sie schließlich die Hände vom Gesicht nahm und ihn auch anblickte. Er hatte ein sehr breites Kinn, kantige Gesichtszüge und war eher vom blassen Typ. Doch alles war da, wo es hingehörte, und in seinen blauen Augen konnte man sich furchtbar verlieren.

»Katharina.«, stammelte sie. Sie wusste gar nicht, was sie tun oder fühlen sollte. Zum einen hatte sie sich gerade unsterblich verliebt und zum anderen war sie schuld daran, dass Maja ihren Flieger verpassen würde, weil sie heute Morgen in ihrer Eile die falsche schwarze Handtasche über die Schulter geworfen hatte. Als sie es gemerkt hatte, war es schon nach ihrem Frühdienst gewesen, als sie in der Konditorei gestanden hatte und bezahlen wollte. Zu allem Überfluss war auch der Akku ihres Handys leer, weil sie es mal wieder vergessen hatte aufzuladen und wieder kamen ihr die Tränen.

»Na, na.«, sagte Boris als er es sah, zog ein Taschentuch heraus und tupfte ihr zart die Wangen. In ihr kribbelte alles. Sie saß ganz still und steif da, weil keine Bewegung von ihr den Augenblick beenden sollte.

»Welchen Pass haben Sie?«, fragte er, als ihre Tränen getrocknet waren und er sich wieder in seinen Sitz drückte. Katharina blickte durch die Scheibe und sah, dass sich immer noch nichts rührte. Es war, als ob die Welt da draußen stillstand. Obwohl sie vom Krankenhaus weit weg war, erinnerte sie diese Situation an den kurzen Moment, als Juri vor drei Jahren gestorben war. Vor ihren Augen. Der schöne Selbstmörder. Sie hatte an der Wand gestanden und sich nicht rühren können. Schwestern und Ärzte hatten für den Bruchteil einer Sekunde nicht geatmet und nur auf den schönen toten Mann gestarrt, der die Augen nicht mehr öffnen würde. Und diese eigenartige Stille empfand sie in diesem Augenblick, mit diesem tollen Mann neben sich auf dem Fahrersitz, während sie aus dem Fenster sah. Eigenartig.

Menschen stiegen nun auf ihre Autos und versuchten herauszubekommen, was hier eigentlich los war, doch eigentlich war es Katharina gerade irgendwie gleich. Sie wusste, dass sie es vermasselt hatte und dass es jetzt zu spät war, also wollte sie nie wieder aus diesem Wagen steigen.

Daher begann sie zu erzählen, und zwar nicht nur von der vertauschten Tasche, sondern auch, wie sie Maja vor knapp drei Jahren in der Klinik kennengelernt hatte. Die junge Frau hatte als Schreibhilfe im Krankenhaus für das Sekretariat angefangen zu arbeiten und sie hatten sich schnell angefreundet. Als sie dann eines Tages das kleine schäbige Zimmer gesehen hatte, in dem Maja hauste, hatte Katharina sie kurzerhand mit zu sich genommen. Katharinas Tochter war aus ihrem Zimmer schon ausgezogen und da lebte nun Maja.

»Sind Sie ein wenig froh, dass sie den Flieger verpasst?«, fragte Boris als Katharina geendet hatte.

»Was für eine eigenartige Frage.«, murmelte sie mehr zu sich als zu ihm. Es könnte etwas dran sein, so entspannt, wie sie hier im Auto saß. Schließlich waren es keine dreihundert Meter mehr zu ihrer Wohnung. Wenn Maja überhaupt da war. Dann schüttelte Katharina plötzlich den Kopf

»Ich wünsche ihr nur das Beste, von Herzen. Und wenn sie glaubt, ihr Glück da zu finden, sollte sie das tun. Man muss die Menschen gehen lassen, wenn sie es wollen.«, sagte Katharina leise, aber bestimmt und wieder sahen sie sich direkt in die Augen.

»Ich hoffe, Sie lassen mich nicht so schnell wieder gehen.«, entgegnete Boris.

II

MAJA

Wo blieb sie nur? Rastlos lief Maja in der Wohnung umher. Sie spülte ein Glas, ließ es stehen, ging ins Wohnzimmer, räumte ein paar Zeitungen ins Regal und trat dann wieder zum Fenster, um durch die Gardine auf die Straße zu spähen. Nichts. Einfach keine Katharina. Sie konnte es nicht glauben. So würde sie ihren Flieger verpassen. Ihr ganzes Erspartes lag in diesem Papierstreifen, der bunt und schweigend auf dem alten braunen Holztisch lag. Es war alles sehr alt hier. Als Maja das erste Mal diese Wohnung betreten hatte, hatte sie das Gefühl gehabt, einen Zeitsprung gemacht zu haben. In die Siebziger. Zwei Sideboards in Beige und Braun auf der einen, ein großer dunkler Holzschrank auf der anderen Seite. Genau in der Mitte standen auf einem runden orangefarbenen dicken Teppich ein Holztisch und zwei ausladende abgesessene Ledersessel. Es gab keine Couch. In der angrenzenden Küche gab es eine längere Sitzbank, doch sie war fürchterlich unbequem. Katharina schien nie viel Besuch gehabt zu haben. Doch es fühlte sich für Maja so an, als ob Katharina eine andere Einsamkeit lebte als sie selbst. Traute sich Katharina nicht in den engen Kontakt, flüchtete Maja davor. Ihr Herz war wie zugenagelt und jedes warme Gefühl jagte sie davon, als ob ihr Leben davon abhängig war. Tat es auch irgendwie.

Von den Gefühlen des Verstehens und der Freiheit vor drei Jahren, als Andreij ihr den Brief geschickt hatte, war nichts mehr übriggeblieben. Und sie hatte den Neustart wirklich ernst gemeint. Mit allen Kräften war sie aktiv gewesen. Sie hatte sich um den kleinstmöglichen Wohnraum und jede auch noch so schlecht bezahlte Arbeit bemüht, nur um in der großen Stadt Fuß fassen zu können. Als sie dann im Krankenhaus eine längerfristige Stelle als Schreibkraft bekommen hatte und später das Zimmer bei Katharina angeboten bekam, dachte sie wirklich, dass nun der Start für ein neues Leben da war. Doch dem war nicht so. Denn die Abende wurden ruhiger, sie musste nicht mehr jeden Tag mit dem Geld rechnen und somit kamen die Gedanken. Und die Sehnsucht nach Andreij. Und der Schmerz der Hoffnungslosigkeit.

Sie wandte sich vom Fenster ab und ging in ihr Zimmer. Auf dem Weg dahin kam sie an einigen Fotografien vorbei. Überall hatte sie diese von Andreij und ihr in der Wohnung aufgehängt. Pinnwand. Kühlschrank. Gerahmte Bilder in ihrem Regal. Sie waren überall. Nur er war nicht da. Sie sah erneut auf die Unterlagen. Alles war da, außer ihr Pass. Das wichtigste Dokument, so dass sie durch eine Sicherheitsschranke in ein neues Land spazieren konnte, fehlte einfach. Sie drückte auf ihrem Handy herum. Ließ die Mailbox von Katharina anspringen. Es war zum verrückt werden. Wieso hatten sie auch die gleiche Tasche? Ausgerechnet heute! Und wieder ging sie zum Fenster.

Auf der Straße fuhr kein Auto. Auch sehr eigenartig. Sie blickte auf die Uhr. Ihr Flug ging in einer Stunde. Mit Gepäck aufgeben und Sicherheitskontrollen würde sie es nicht schaffen. Es war zu spät.

Sie hatte zwar irgendwie gefühlt, dass sie heute Abend in keinem Flugzeug sitzen würde, doch die Erkenntnis, dass sie den Flug nicht mehr erreichen würde, traf sie in diesem Augenblick trotzdem heftig. Es war die einzige Hoffnung gewesen, die aus ihrer Hoffnungslosigkeit entstanden war. Die Hoffnung, dass sie besser mit allem klarkommen würde, wenn sie am anderen Ende der Welt sein würde. Hier fand sie einfach keine Ruhe. Er fehlte ihr bei allem, was sie tat. Und sie verstand überhaupt nicht, warum. In den ersten fünf Jahren, wo sie sich noch geschrieben hatten, war er doch auch schon weg gewesen. Teilte weder Bett noch Brot mit ihr, doch es war irgendwie anders gewesen. Die Sehnsucht auf seinen Brief zu warten war einfach anders, als die reine Sehnsucht, die nie gestillt wurde. Sie machte ihm keinen Vorwurf, dass er so gehandelt hatte, er hatte nur ihr Bestes gewollt, doch es war nicht das Beste für sie, musste sie sich eingestehen. Denn wenn sie heute die Wahl hätte, zwischen der Sehnsucht nach seinen Briefen und dem Leben ohne diese; sie hätte keine Sekunde darüber nachdenken müssen. Denn auch wenn er nicht mit ihr in einem Haus lebte und sie nicht miteinander das Bett teilen konnten, diese Form von Kontakt hatte die Aussichtslosigkeit auf ein Leben mit ihm erträglicher gemacht. Hatte ihre Tage etwas vor Kälte und ihr Herz vor der Einsamkeit geschützt. Maja spürte, wie ihr die Tränen kamen. Wütend wischte sie sie weg und ließ sich in einem der wuchtigen Sessel nieder. Es waren Tränen der Verzweiflung. Sie kam nicht drüber weg. Er fehlte ihr so sehr. Sie konnte nicht verstehen, dass sie ihr Leben ohne ihn verbringen musste. Und es gab einfach nichts, was es besser machen würde. Das Ticket nach Amerika hatte ihr die letzten zwei Jahre vorgegaukelt, dass alles gut werden würde. Dass sie glücklich werden würde, wenn es nur genug Zeit und Abstand dazwischen gab. Doch es wurde nicht gut und es würde auch nicht mehr gut werden. Egal wohin sie gehen würde. Und das wusste sie jetzt. Hier in diesem Sessel, in dieser Wohnung, in der sie ein Zimmer bewohnte. Hier und jetzt spürte sie es so deutlich. Und irgendwie war diese Erkenntnis, das Annehmen, dass es so ist, dass es nicht mehr gut wird, befreiend.

Sie drückte sich tiefer in den Sessel und sie fühlte diese eigenartige Leichtigkeit in ihrem Herz, die nicht zu ihrem Schmerz passen wollte. Wie konnte die Erkenntnis, dass es niemals heilen würde, es besser machen? Sie wusste es nicht, doch Maja spürte, dass sie wieder freier atmen konnte.

I

ANDREIJ

Seit zwanzig Minuten saß er jetzt hier auf dem Gehweg und wusste nicht, was er tun sollte. Er war glimpflich davongekommen, dafür, dass er gerade über eine Motorhaube gesegelt war. Nur sein Kopf dröhnte. Und sein Handy war kaputt. Und darin war ihre Adresse und all seine Telefonnummern. Jetzt musste er wieder zurück zum Anfang. An den Ort, in das Haus, wo sie gemeinsam gelebt hatten.

Als er auf einmal ohne Vorwarnung freigelassen, an einem Bahnhof vom Laster geschubst wurde und zu ihrem zu Hause zurückgekehrt war, hatte er natürlich nicht wirklich erwartet, dass sie noch da gewesen war. Doch es war trotzdem schmerzhaft gewesen, dass nun eine andere Familie ihr Bett in ihr damaliges Schlafzimmer gestellt hatte und dass zwei kleine Kinder über das raue Holz krabbelten. Zwei fremde Kinder. Nicht ihre. Sie hatten früher nie darüber geredet, doch wenn er in sich horchte, spürte er deutlich, dass es das war, was er am meisten wollte. Maja. Und Kinder mit ihr.

»Wir fahren Sie ins Krankenhaus.«, riss ein Mann ihn aus den Gedanken. Andreij blickte in große grüne Augen, doch dann schüttelte er den Kopf.

»Nein. Das hilft mir nicht.«

Eigentlich sagte er es mehr zu sich selbst. Und er spürte, wie eine Welle der Verzweiflung in ihm hochkam. Sein Handy war kaputt. Er wusste nicht, wohin er musste und von den viertausend Rubeln, die sie ihm in die Jackentasche gestopft hatten, bevor sie mit ihrem Laster davongefahren waren, war auch nicht genügend übrig, um zurück nach Adino zu kommen. Tränen brannten in seinen Augen, doch er blinzelte sie weg.

»Wie heißen Sie?«, fragte der Mann. Er schien Arzt zu sein, ging es Andreij auf, doch nach acht Jahren Straflager kannte er jede Zelle seines Körpers so gut, wusste jeden Schmerz, jedes Ziehen zu interpretieren, dass er kein Arzt und kein Krankenhaus brauchte, um zu wissen, dass er nur eine kleine Gehirnerschütterung hatte.

»Ich bin in Ordnung.«, antwortete Andreij. Seine Worte drangen schärfer aus ihm, als beabsichtigt. Der Arzt wandte sich irritiert ab und Andreij nutze den Moment, um zu verschwinden. Die Sirenen, die die Polizei ankündigten, kannte er nur zu gut, er sollte nicht mehr hier sein, wenn sie den Unfallort erreichten. Er tauchte nicht in die leere Straße ein, die ihm lieber gewesen wäre, sondern lief den Gehweg entlang, an dessen Straße die Autos stillstanden. So erregte er keine Aufmerksamkeit. Er war völlig überfordert in dieser Stadt. So überfordert, dass er von einer Sekunde auf die andere den Straßennamen vergessen hatte, wo Maja leben sollte. Andreij fluchte und spuckte aus. Nach acht Jahren Isolation von der Gesellschaft, erschlug ihn fast die Masse der Eindrücke. Hupen. Überall Lichter, Stimmen, die von überall herkamen. Häuser, die lange Reihen bildeten. Alles war eng. Daher hatte er das Auto auch nicht kommen sehen, in welches er gelaufen war. Der Fahrer hatte versucht auszuweichen, doch hatte es dadurch noch einen größeren Unfall gegeben, weil er in einen weiteren Wagen gekracht war.

Andreij ging langsam. Sein Schädel dröhnte nur leise aber stetig. Der Stress und die Fülle, die ihn hier umgab, waren ihm einfach zu viel. Es war ihm, als würde er keine Luft bekommen. Als wäre er durchlässig und alles könnte in ihn eindringen. Schweiß trat ihm auf die Stirn. Er wusste weder, was er tun sollte, noch wohin er in diesem Moment wollte, so dass er stehen blieb und sich an eine Hauswand lehnte. Die roten Backsteine waren kühl, aber fest. Halt brauchte er gerade. Und für einen kleinen Moment wünschte er sich ins Straflager zurück. Die Ruhe der Weite vermisste er. Auch wenn er noch so gefroren hatte, er war oft draußen vor der Baracke gewesen, war die ausgetretenen Pfade entlang gegangen und hatte geatmet. Er war zwar gefangen gewesen, aber er war von so vielem frei gewesen. Ein Seufzen lauerte in seiner Kehle.

Doch was, wenn er Maja doch noch finden würde? Würde sie das Leben der großen Stadt wieder aufgeben? Für ihn? Er wusste, dass er hier niemals leben konnte. Doch vielleicht hatte sie es lieben gelernt. Die geschäftigen Leute mit ihren farbigen Autos. Er wusste es nicht. Wie auch. Er konnte nicht einmal sicher sein, ob sie wirklich noch in Moskau war.

Als es ihn begann zu frösteln, wollte er weiter gehen, doch sah er sich einer Frau gegenüber, die ihn eigenartig anblickte. Er hatte sie bisher gar nicht bemerkt.

»Wo wollen Sie denn hin?«, fragte ihn die fremde Frau.

Bis der Verkehr sich wieder gelöst hatte, hatte es noch eine Stunde gedauert. Inzwischen war es dunkel geworden und trotz der vielen Lichter, konnte man an dem wolkenlosen Himmel einige Sterne ausmachen.

Andreij stand in einem langen karg beleuchteten Treppenhaus und rieb sich die roten Hände, so wie er es unzählige Male in den letzten acht Jahren getan hatte. Es war nicht einmal, weil die Kälte sich wieder durch seine Glieder gefressen hatte, es war in diesem Moment viel mehr ein vertrautes Ritual, womit er seine Nervosität versuchte zu regulieren.

»Ganz runter.«, hörte er plötzlich eine Stimme im Treppenhaus sagen. Es war die Frau, die ihn angesprochen hatte. Die Worte der anderen Person verstand er nicht, es klang nur nach genervtem Gemurmel.

Die Holzdielen quietschen bei jeder Stufe. Die Person, die die Treppe herunter kam, ging langsam. Vielleicht lustlos? Dann war er hier wohl falsch. Die ältere Dame hatte ihm hoch und heilig geschworen, dass sie ihm helfen könne. Zumindest die Frau, die sie kenne. Und auch wenn sie hartnäckig dabeigeblieben war, nicht auf seine Fragen zu antworten, woher sie das denn wissen wolle, war er doch mit ihr und einem eigenartigen Mann mit Mütze mitgegangen. Was hätte er auch sonst tun sollen.

Das Licht erlosch. Ging wieder an. Weiteres Knarren der Stufen.

Später würde Andreij die nächsten Sekunden seines Lebens wie folgt beschreiben:

‚Sie tänzelte die letzten Stufen. Das Knarren des Holzes hallte durch den schmalen Flur. Sie blickte ihm in die Augen. Sie entdeckte ihn. Sah ihn. Erkennt. Versteht. Läuft los. Ein Strahlen legt sich in ihre Augen. Tränen. Ihre Schritte werden schneller, unterdrückt den Impuls, loszurennen. Zwei Schritte trennen sie noch, ihr Blick gleitet verstohlen zur Seite. Rechts. Links. Es ist wahr. Ihre Lippen sind sich jetzt ganz nah, sie hören ihre Herzen schlagen. Als ob sie zwischen den Wänden hallen. Sie will ihn küssen, hält sich aber zurück. Weint. Lacht. Kommt zur Ruhe. Sie greifen sich bei den Händen. Vereint. Acht Jahre Sehnsucht lösen sich auf. Verschwinden in der Nacht. Kommen nie mehr zurück.‘

- ENDE -

HAT IHNEN DAS
BUCH GEFALLEN?

Ich freue mich sehr, dass Sie mein Buch bis zu dieser Stelle gelesen haben. Wenn es Ihnen gefallen hat, wäre es toll, wenn Sie ihm bei dem Online-Shop eine Bewertung geben, bei dem Sie bestellt haben. Oder Sie schreiben bei einem Ihrer Lieblings-Buchportale eine Rezension.

Es ist nicht nur sehr schön, Meinungen zu meinem Buch zu lesen. Außerdem hilft es mir auch dabei, weitere Geschichten zu schreiben und neue Leser für meine Bücher zu finden.

KAMPENWAND
VERLAG

WIR
KÖNNEN
ALLES
SEIN

JOHANNA KRAMER

ROMAN KAWA

Glaubst du an Liebe,
die alle Zeit überdauert?

Roman

ISBN:978-3964432612

www.kampenwand-verlag.de